Mystery

LUNA SEA

格林血色童話3

幽暗顛狂的幻滅樂園

桐生操／著　劉格安／譯

前言

挖掘藏在童話背後的「另一個面貌」

這六年來，我一直在構思著推出新的格林童話。總覺得只出版兩本相關書籍好像還不夠，還有很多地方未臻完整……如今，我終於達成這個心願，實在無比感動。

本書也延續前作《令人戰慄的格林童話一、二》的風格，以海內外學者的分析、《格林童話》第一版，以及格林兄弟編寫童話故事集時所採用的原稿等為基礎，再結合自己的想像力，構撰出這本大膽且具獨創性的「桐生版格林童話」。

此外，我還從安徒生童話中選出兩篇自己偏愛的童話，以「作家」的角度來找出童話所具有的真義，再以自己的情感、表達方式重新呈現。

說到殘酷，大部分人多會聯想到悽慘呻吟、鮮血四濺等畫面——確實沒有什麼比這個更殘虐的了。不過，事情真的是這樣嗎？難道一定得有人被殺、有人流血，才稱得上是殘酷？

事實上，更大的「殘酷」就藏在人的心中，藏在吞噬人類的命運之中，不是嗎？

沒有流血，也死不了，但身處其中的人卻深感痛苦、悲慘，且生不如死。內心所受到的創傷，甚至使人一蹶不振……我想透過本書敘述的，就是這層意義下的「殘酷」。

例如在〈孩子們的屠殺遊戲〉中，主角法蘭茲視同學雅各為眼中釘，無所不用其極地欺負他。人與人之間這種霸凌者與被霸凌者的關係，其實從遠古時代就一直存在。

但法蘭茲進行霸凌行為，他的心靈真的能安寧嗎？有沒有可能，他對於只能透過傷害他人來確認自我存在的自己，其實也感到厭惡？

此外，在〈賣火柴的小女孩〉裡，一般都是把薩德侯爵定義為「奸險凶惡」的人，而賣火柴的小女孩則是「天真無邪」。一則奸險凶惡與天真無邪的交會，奸險凶惡與神聖無瑕相遇的故事。不過，這樣的立場或許也會在某一天突然對調。

當道德墮落到極點時，說不定會像撲克牌翻牌一樣大翻轉，變得神聖；而聖潔到極致時，也有可能轉變為奸險凶惡。如果薩德親身體現這樣的奇蹟，又會是什麼情況呢？

再讀了一遍這本書之後，我不禁心想，或許一直以來我想寫的東西，就是這種耐人尋味的價值轉換吧。

和以往一樣，這次執筆《格林血色童話3》，也參考了無數海內外的資料。在此向諸多提供參考資料的作者，致上衷心的謝意。

最後，我希望這一回也能帶您盡情享受那個寓意深遠的「『新』格林童話」世界，若能像先前一樣讓您嘗到「恍然大悟」的滋味，那將會令我感到無上的喜悅。

二〇〇五年五月

桐生操

目次

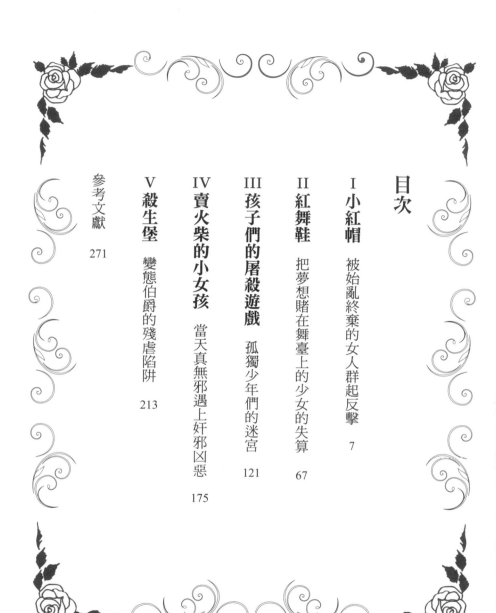

I

小紅帽

Rotkäppchen

被始亂終棄的女人
群起反擊

在充滿危險誘惑的森林深處，
妙齡少女中了大野狼的圈套，
遍尋不著回家的路，
最後被大野狼一口吞進肚裡。
女孩們該當心的是大野狼，還是……？

*

選自格林童話的故事

「原來就是這個男人……」小紅帽暗自心想，「原來欺騙媽媽，讓媽媽懷孕，又拋棄我和媽媽的，就是這個男人……」

一想到這裡，內心的憤恨再度湧現。就是因為他，媽媽和她才會吃這麼多苦，受這麼多的委屈……

一想到這裡，她就感到極度不甘心，感覺自己好像快要失控了。但終究還是忍了下來，壓抑住內心的情緒。

「好戲就要上場了，我一定要對他做嚴厲的報復。」

在那之前，她絕對不能輸在情緒上，絕對不能讓對方發現。

「小姐，妳好啊。」

大野狼向小紅帽搭話。

「這麼早要去哪裡呢？」

「我要去外婆家啊。外婆生病了，在家休息。」小紅帽答道，並若無其事地觀察對方的反應。

「妳外婆？那妳籃子裡裝了什麼啊？」

「甜點和葡萄酒啊。是我媽媽昨天烤的餅乾，我外婆最喜歡吃了。」

「這樣啊，那妳外婆家在哪裡？」

「在森林深處，從這裡走過去大概要十五分鐘吧。一直走就會看到三棵大大的山毛櫸，下面有核桃樹籬。那裡就是我外婆家。」

小紅帽那稚嫩青澀的少女胴體，與紅色頭巾下惹人憐愛的眼眉，散發出一股莫名且突兀的危險魅力。

大野狼幾乎就要朝小紅帽撲上去了，但他擔心會被在附近工作的樵夫發現，只好暫時打消這個念頭。

「到妳外婆家有一條非常方便的捷徑，妳想知道嗎？」

大野狼腦筋動得很快，決定先去收拾小紅帽的外婆，等到小紅帽抵達外婆家以後，再找機會一口氣解決她。

「真的嗎？在哪裡？快告訴我。」小紅帽立刻附和大野狼的提議。

大野狼所說的那條捷徑，至少得多繞半哩路。看見一無所知的小紅帽道謝後朝著那個方向走去，大野狼也得意洋洋地往真正的捷徑疾奔而去……

等到大野狼離開，小紅帽立即發出信號，一名男子便從樹幹後面現身。從他肩上背著獵槍的模樣看來，應該是這一帶的獵人。

「謝謝了，獵人先生。」小紅帽冷冷地說。

她臉上流露出的冷酷表情令人發顫，剛才那個令人憐愛的小女孩已消失得無影無蹤。她現在完全就像是個成熟的女人……先前那個可愛的小紅帽究竟到哪裡去了？

「謝謝你告訴我大野狼經常走動的地點和時間。多虧了你，我才可以抓準時機遇到他。」

「那麼，妳有什麼感覺？印象如何？」

「沒什麼感覺，只覺得『喔，這個人就是我爸爸啊。』我長得像他嗎？」

「很像啊，臉型都是細細尖尖的。」

「是嗎？」

小紅帽似乎也沒什麼特別的感慨。

「……妳真的決定那樣做嗎？」獵人小心翼翼地問。「我覺得妳還是算了吧。」

「啊……嗯，獵人先生。」

「我一直對妳媽媽有好感，我隨時都可以跟她結婚，也很願意當妳的爸爸。」

「謝謝。聽到你這麼說，我很高興。」

小紅帽輕輕一笑，笑容裡帶著一絲寂寞。

「但我已經下定決心了，不管你怎麼說我都不會動搖的。」

「我希望妳再好好考慮一下。」

「獵人先生，你不懂我的心情。你知道我們被那個人拋棄以後，日子過得有多麼辛苦嗎？村裡的人都欺負我們母女倆，隨時就想把我們趕出村子。我們能夠熬到今天，已經是很不可思議的事了。你說，這是誰造成的？」

「我明白妳的心情，但是……」

「男人沒一個可信的。」小紅帽不假思索地說。

「但獵人先生不一樣，你對我們很親切也很關心。可是，大部分男人都不像你這樣，他們只把女人當作發洩欲望的對象而已。」

「不是所有男人都那樣的。」

「我知道，但是……」小紅帽低頭咬了咬嘴唇，「我一想到那個傢伙竟然還活在這個世界上，就氣得快失去理智了。他是所有女性的公敵！」

「妳想怎麼做就怎麼做吧，我不會阻止妳。反正我就算阻止妳，妳也不會聽的。」

「你靜靜在一旁看著就是了。這是我唯一的請求。拜託別反對我，什麼也別說，因為你想說的我全都知道。」

「那麼，再見了，路上小心。」
「好的，獵人先生。」
「還有一點千萬要記住，就是妳可別拿自己的生命開玩笑。」
「我知道，獵人先生。」

小時候，每當小紅帽問：「我的爸爸是誰？」媽媽就會一臉不悅地岔開話題。聽鄰居說，媽媽愛上村裡的一個年輕人，並懷了小紅帽，但那個人卻拋棄媽媽，跟別的女人結婚了。

不知道從幾歲開始，小紅帽發現自己的耳朵長得跟其他女孩不一樣。正常人的耳朵上緣應該是圓滑的流線型，小紅帽的耳朵卻很大，上緣部分還尖尖的。

小紅帽對自己耳朵的形狀感到很丟臉，常常撥動頭髮遮掩。但無論怎麼撥動頭髮，耳朵還是會從髮隙間冒出來。

「為什麼我的耳朵會長成這樣呢？」

不知從何時開始，面對鏡子與自己的耳朵苦戰，已經成為小紅帽每天的功課。

「這樣簡直就跟狼一樣。」

小紅帽不假思索地脫口而出後，不禁嘆了口氣。

「狼……大．野．狼？」

我是大野狼的女兒？怎麼可能……

——但是不管我怎麼問媽媽，她都堅決不告訴我爸爸是誰。我能理解她因為未婚生子，所以不想談論這件事的心情，但也不需要隱瞞到這種程度吧。

既然隱瞞到這種程度，不就代表對方是個無論如何都不能告訴別人的人嗎？難道是說出口會很丟臉的人嗎？

難掩好奇心的小紅帽趁著媽媽不在的時候，偷偷跑去問從以前就打過照面的獵人，他是這座森林裡知道最多事情的人。

「妳媽媽那時候還是個黃花閨女呢。」

偶爾會來家裡喝茶的森林獵人這樣告訴小紅帽。

「她不知世間險惡啊，所以才會被那個花花公子給騙了。」

「花花公子？你說的是我的爸爸嗎？」

「沒錯，他是個惡名昭彰的壞男人，風評非常差。只要看到女人，就會色欲薰心地去誘惑人家。」

「他現在住在哪裡？」

「他住在森林裡，整天遊手好閒，不務正業。妳想見他一面嗎？」

「見了也無濟於事。」小紅帽不抱任何希望地說。「反正媽媽失去的青春和我失去的童年時光都討不回來了……」

當年媽媽告知大野狼她懷孕了之後，他就立刻拋棄了媽媽。媽媽雖然一度悲痛欲絕，最後還是在外婆一再的安慰下生下寶寶。

外婆對於未婚生子的媽媽非常溫柔，但附近鄰居看待她們卻相當冷淡。外婆和媽媽被村人排擠，每次前往教會或村裡的集會，都會遭到眾人白眼相待。

不僅如此，村裡的孩童欺負起人來更是毫不手軟。小紅帽從小就有許多被霸凌的經驗。只要她走在村裡的街道上，就會有幾個少年躲在樹蔭下埋伏，然後突然「哇」的一聲跳出來欺負她。

「喂！妳這個沒爸爸的孩子，沒爸爸的孩子！」

「妳媽媽真淫亂，竟然生了一個父不詳的孩子。連我媽媽都說，像她那種不潔身自愛的女人，最好趕快滾出這個村子！」

「胡說！我媽媽有做過任何對不起你們的事嗎？」

小紅帽也毫不畏縮地正面迎擊，但終究寡不敵眾，何況對方還是一群身強力壯的男孩子，沒三兩下她就被那群人給打倒在地了。

不僅洋裝被撕扯得殘破不堪，整個人還遍體鱗傷。當她哭哭啼啼地回到家時，媽媽先是嚇了一跳，接著不禁流露出悲傷中夾雜無奈的表情，開始用熱水替她清洗傷口，再抹上一層藥草。

「媽媽，為什麼村裡的人都要欺負我們？」

她多次向媽媽泣訴，但媽媽總是噙著淚水，露出一臉困擾的樣子。

「村裡的人討厭我們啊。因為我未婚生子，他們說像我這樣的女人，只會讓村裡蒙羞。」

「我們離開這個村子吧。反正繼續待在這裡，也只會給外婆添麻煩不是嗎？我們離開這裡，去其他村莊生活吧。」

「可是，我們現在沒有那個能力啊。離開這個家的話，我們要靠什麼吃飯呢？妳還這麼小，我如果帶著妳，又有誰肯雇用我呢？雖然現在辛苦了點，但至少有個安身之處。」

小紅帽抽抽噎噎地哭著，內心深處湧起對村人的憎恨，同時也憎恨起害她們落得如此下場的男人，她的爸爸。此時此刻，男人在她心中的形象，已成了利用女人、玩弄女人，並徹底摧毀女人一生的掠奪者。

即使進入青春期，小紅帽也不曾像其他女孩那樣對男性有所憧憬。在她心裡，總有一個角落無比寒涼。

不過，心如老人般乾涸的她，身軀卻一天比一天成熟，逐漸散發出妙齡女子的魅力，牢牢攫住周圍少年的目光。

外婆看她沒有爸爸很可憐，特地買來一塊粗糙的紅布，為她做了一件斗篷。那件斗篷非常適合她惹人憐愛的臉蛋，久而久之，大家都暱稱她為「小紅帽」。

進入青春期的小紅帽多多少少也開始想打扮自己，但她沒錢買什麼化妝品，只好摘採路邊的紅花，先用手指捻搓，再偷偷塗抹在嘴唇上。如此一來，嘴唇就會像塗了口紅一樣，暈染成淡淡的粉紅色。

戴著紅斗蓬的小紅帽，不僅有兩瓣紅唇，還有一張人見人愛的標緻臉蛋。那妙齡女子獨有的姿色，可是會讓所有男人不禁屏息凝視。當然，企圖接近她的少年也不計其數。

那個時候，她每星期日望完彌撒回家，都會有一名少年跟在她身後。在教堂裡，他也搶著坐她旁邊的位置。望完彌撒走出教堂時，他還會替她在人群中開路，並趁機跟她說上幾句話。

她對那個少年並沒有好感，甚至覺得這個人很囉嗦。但那樣的感覺卻在不知不覺間變了。她慢慢開始覺得，既然這個人這麼喜歡我，或許把初夜給他也無所謂……

像我這種家境貧窮又被村人排擠的女孩，這樣下去也不可能有什麼璀璨的未來，倒不如在此時妥協，迎接「告別處女」的儀式，反正這是每個女孩都必經的關卡……

如果這是長大成人的必要儀式；如果跨出這成長的一步，對我未來的計畫有任何幫助。

於是，某個星期天，小紅帽故意熱絡地回應每次都來找她說話的少年，並邀他一同前往附近一座人跡罕至的森林。少年簡直樂歪了。

「真的嗎？真的可以嗎？我從以前就很喜歡妳了，妳應該多少有感覺到我的心意吧？」

少年在小紅帽的耳邊喘著粗氣。雖然感覺很不舒服，但她還是忍住了。反正遲早都要做的事，咬牙一忍就過去了。

「我想要妳，現在就要。」

少年把小紅帽壓倒在草叢中，撕破她的內衣褲，一頭埋進她剛開始隆起的胸部，發了瘋似地用舌頭舔舐著。

「妳也不排斥這種事吧？妳也一直想著我對吧？」

第一次的經驗實在不怎麼樣。在少年快步離去以後，小紅帽從草叢中坐起身，兩眼呆滯地看著沾染在草地上的處女血漬，彷彿一切事不關己。

——這樣一來，我又更接近大人一步了。

小紅帽覺得自己無所畏懼了。她非常謹慎地避孕，就是不想步上媽媽的後塵。像她這種沒有爸爸的孩子，光她一人就夠了……

下定決心向狼復仇的小紅帽，按部就班地進行著她的計畫。第一步就是去查訪那些犧牲在狼手中的女人。

她原本以為這會是一件極度困難的事，沒想到事情遠比她料想得簡單多了，聲稱自己也是受害者的女人不斷出現。

「……我本來是處女之身的。」

一名女性原本還猶豫著該不該說出口，但一聽到小紅帽說她是受害者的私生女，驚訝地慢慢說起自己的遭遇。

「我當時還有未婚夫，以對方的條件來說，其實是我高攀了。我的家人也很高興，我的前景本來是一片美好……」

「那妳為什麼會遇到狼呢？」

「他在森林裡主動向我搭訕。那個時候我的鞋帶斷了，正愁著不知該如何是好時，他突然向我開口，說他剛好有一塊布可以借我用來代替鞋帶，對我大獻殷勤。」

女子憤怒地痛斥著。

「然後趁著我對他滿懷感激之心時，開始勾引我。我後來才知道，那是他勾引女人時的慣用手段。那個時候我還年輕，被那樣帥氣有型的男人勾引……說真的感覺並不壞。」

「可是，」小紅帽冷漠地打斷她：「妳都已經有未婚夫了，而且還是處女……一個潔身自愛的女人，不可能做出這種事吧？」

「妳這是在指責我嗎？」

女子臉色一沉，對著小紅帽大吼。

「妳的意思是說對方一勾引我，我就輕浮地貼上去嗎？」

「難道不是那樣嗎？」

「我才不是那麼隨便的女人。」

女子仍舊一臉憤慨地對小紅帽嗤之以鼻。

「是他有一天趁我不注意的時候，突然跑出來偷襲我的。」

「妳說光天化日之下在森林裡嗎？難道妳沒想到可能會有人看見嗎？」

「那一天我剛好比較晚回家。我在路上遇到朋友，一不小心聊得太忘我，等我注意到時間時，已經是傍晚了。」

「妳說他偷襲妳……像野獸那樣嗎？」

「對，就是野獸。我雖然奮力抵抗，但我一個手無縛雞之力的弱女子，自然不是他的對手。我最後可是步履蹣跚地哭著走回家的。我的洋裝被撕得破破爛爛，臉和全身上下都是瘀青，家人看到之後嚇了一大跳。這件事情很快就傳遍整個村子，然後我的未婚夫就跟我解除婚約了。」

女子抽抽噎噎地吸著鼻子，擦掉眼眶裡泛出的淚水。

「我本來要自殺。我覺得自己的人生已經毫無希望了。等我發現的時候，人已經浸在冬天冰冷的海水裡了。但是，當時一個在附近釣魚的男人發現了我……我吞進大量的海水，但最後還是勉強保住了一命。說真的，我多希望當初就那樣死了算了！」

女子抽搭著鼻子說：「我想復仇，我要向那個毀了我一輩子的傢伙復仇！」

「妳真的這麼想嗎？」

「當然！」

「那……」小紅帽湊向女子的耳邊說了幾句悄悄話。

「真的嗎？」女子頓時瞪大眼睛。「妳打算做那麼恐怖的事？」

「這件事絕對不能讓別人知道。」

「……我、我明白了，但……」

「妳願意，還是不願意幫我？我只想知道這一點。」

「我、我會幫妳的。我當然願意幫妳！」

「妳是認真的？」小紅帽再度確認，「如果妳改變了心意，請記住妳說過這樣的話。如果妳把這件事情告訴別人，就請妳做好被我復仇的心理準備，因為我已經賭上了自己的性命。」

另一名女子一開口就說：「我被他的禮物給迷惑了。」

「禮物？」小紅帽詫異地反問。

「他非常了解女人的弱點。他清楚知道什麼樣的禮物可以擄獲女人的芳心，也知道女人最無法抵擋男人的哪些體貼行為……」

「禮物攻勢嗎？」

「是啊，他真的送了我很多東西。」

女子一臉懷念地陷入回憶當中。

「他送過我玫瑰花、圍巾、皮包……」

「看來大野狼還真是個有錢人啊。」

「那都是他靠一堆女人賺來的錢，不過我也是後來才知道這件事的。」

「靠女人？」

「對啊，他讓那些女人賣身，然後自己在中間抽成。一般叫掮客、小白臉、皮條客，其他還有什麼說法？」

「妳讓他用那些錢買了很多東西給妳嗎？那是其他女人賣身賺來的錢耶。」

「這可不能怪我，我那時候什麼都不知道。我以為他是一個瀟灑多金的紳士。他總是西裝筆挺，全身散發優雅的香味，胸前口袋裡放著乾淨的手帕……

「約會時總是帶我去高級餐廳，我要坐下來的時候，還會主動繞到後面替我拉開椅子。搭乘馬車時會體貼地替我開門，走在路上的時候，也總是走在外側保護我……有著普通鄉下男人所沒有的迷人魅力。」

「所以是妳對他感到著迷囉？」

「我那時候也涉世未深啊。」女子眼眶泛淚。「他還說要跟我結婚呢。」

「那是男人的老招數吧。」

「是啊，但那是這輩子第一次有人向我求婚。換作是妳，如果有一個那麼帥氣的男人正眼看著妳，誠懇地向妳求婚，妳一定也會被他打動的。」

「或許吧。不，應該不會吧。我不知道，畢竟我沒有經歷過那種事。」

「總之，我是信了。所以當他問我願不願意與他共度良宵時，我才沒辦法說不啊。因為我覺得我們應該很快就可以結婚了。」

「也就是說，妳是自願與他發生婚前性行為的囉？」

「但是，我和他共度那一晚之後，他的態度就變得很冷淡。」

女子的淚水瞬間奪眶而出。

「他突然跟我斷絕聯絡。在那之前，我的生日、聖誕節時，他一定會送一大束花給我，但從那天起就再也沒送過了。就算我主動聯絡他，也總是找不到人。但我知道他明明就在家的。

「有一次我親自跑去他家找人，而且我清楚聽到屋裡傳來女人的聲音，卻沒有半個人出來應門。我不死心地一直敲門，但最後還是放棄了。」

女子啜泣著說。

「更倒楣的是，我們明明只發生過一次關係，我卻懷孕了。我生下了一個私生子。沒錯，就是跟妳一樣可憐的孩子。但是他生來體弱多病，不到三歲就夭折了。」

「妳那個時候沒想過要對他復仇嗎？」

「有啊，當然有想過！」

女子氣憤地說。

「但是我又能做什麼呢？如果這件事情被散播開來，到時候遭到村人責難的人不會是那個男人，而是我啊。男人不管再怎麼遊戲人間，再怎麼玩弄女人，只要他有足夠的經濟能力，誰也不會說什麼。可是換作是女人，誰敢讓那種事情傳出去啊？傳出去只會被人說行為不檢點或是私生活淫亂，流言蜚語滿天飛，到時候我可能再也嫁不出去，甚至無法在村子裡立足。我只能裝作若無其事地避人耳目，從此絕口不提此事。除此之外，我還能有其他辦法嗎？」

第三名女子給人的感覺跟先前見過的女子不同。她的身材相當勻稱，堪稱是時下的美女。讓人難以理解的是像她這樣個性獨立的女性，怎麼也會中了大野狼的圈套呢？

「他一直跟蹤我啊。」

「什麼？」小紅帽不禁脫口而出。

「跟蹤狂啊。現在不是很多這種人嗎？」女子抬起高挺的鼻子說，「我那個時候已經有男朋友了，而且我才不會看上像他那樣的男人。因為我對他一點興趣也沒有，所以他來搭訕我的時候，我就毫不留情地給他吃了閉門羹。」

「這樣啊。」

「他大概以為自己搭訕的女人，沒有一個會不對他言聽計從的吧。所以，當他遇上我這個不把他放在眼裡的人，自尊心自然會大大受損。」

「自尊心？」

「是啊，自尊心。換句話說，就是面子。男人有時候就像個孩子一樣，特別在意這種事。」

女子盛氣凌人且語氣強硬地說著。

「然後他就徹底展開跟蹤狂攻勢。」她繼續憤怒地說：「他一開始先向眾人說我的壞話，而那些離譜的謠言一下子就傳遍整個村落，說什麼我生下某個男人的私生子，還把孩子給拋棄了。聽到如此惡劣的謠言，連我爸媽都嚇得不知所措。不管我怎麼解釋，他們就是聽不進去我的說法，還把我打了一頓，打到我連站都站不起來。」

「然後呢？」

「接下來更令人作嘔的是，他開始監視我的行動。我不知道他是從哪裡打探到的，我每天的行程他都一清二楚，真的讓我很不舒服。

「當時我有在學習裁縫和烹飪，我不知道他到底是怎麼查出來的，每次我抵達教室時，他都已經等在門口了。我對老師和同學們感到抱歉，想盡辦法才低聲細語地把他趕走，但也只有一開始成功而已。

「後來他開始在教室的角落等我，直到我練習結束為止。每次只要我跟朋友走出教室，他就會默默地出現，以男朋友的姿態挽住我的手臂，把我拉到一旁去。」

「他那樣對妳，妳還一直忍氣吞聲嗎？」

「我已經無計可施了。連我在家裡都被他隨時監視著，洗個澡也不能安心地洗，因為他真的曾經躲在我家浴室外牆偷看。我簡直快要精神崩潰了。」

「但妳還是守住了妳的貞節。」

「是啊，他對我做了這些事，如果還要我喜歡上他，那根本是不可能的事。我愈看他只覺得愈討厭而已。我也跟大野狼說了好多次，但是這也只會讓他愈來愈意氣用事而已。到最後我覺得他根本不是因為愛我，而是因為這樣子騷擾我，看到我生氣或哭泣，會讓他很有快感而已。」

「妳沒去告發他嗎？」

「沒用的。妳覺得那些當官的會聽我們這些窮人說的話嗎？第一，我跟那個男人從沒發生過肉體關係；再來不用說也知道，他一定會打著壞心眼，到處去造謠生事。」

她也做出了與前一名女子相同的結論。

「所以，妳就這樣順著他的意了？」

女子眼眶泛淚，咬牙切齒地微微頷首：「因為我已經束手無策了，況且他也發誓說，只要聽任他一次，以後絕不會再來騷擾我，也絕對不會把這件事情洩漏出去……」

女子啜泣著。

「我好不甘心！我到現在依然忘不了當時的悔恨。妳一定不了解我陪他睡一晚之後，內心是多麼地痛苦吧。我甚至想要先殺了他，再自己尋死。」

「但是，妳做不到？」

女子在啜泣中再次點頭。

「我把匕首藏在懷裡去找他。可、可是，我還是鼓不起那個勇氣。」

「幫我帶餅乾和葡萄酒去給生病的外婆。」

一天，媽媽這樣交代小紅帽，小紅帽心想機會來了。平常媽媽不太讓她走出家門，不過若是為了這種事，她就可以正大光明地外出且走進森林裡了。

「妳不要半路跑去別的地方亂晃喔。還有外婆生病了，妳要對她溫柔一點。」

「好的，我知道，媽媽。」

從當年起，小紅帽的外婆就不再下田耕種，但因為已經習慣了，所以還是獨自住在森林裡。她悠閒地享受著獨居生活，小紅帽或媽媽偶爾也會去她家玩，但最近因為年老體衰，愈來愈常躺在床上休息。

小紅帽立刻前往獵人的家，問他大野狼通常何時會經過森林，然後再配合那個時間出門，假裝和大野狼不期而遇。

另一方面，在小紅帽與獵人交談的時候，大野狼一路奔向小紅帽告訴他的外婆家，然後「叩叩叩」地敲了敲大門。

「誰呀？」

外婆回應了。大野狼卯足全力發出可愛討喜的聲音。

「我是小紅帽，我帶了餅乾和葡萄酒來。請幫我開門。」

「哎唷，是小紅帽啊！外婆好開心啊。妳自己按下門把開門進來好嗎？外婆沒辦法起身去幫妳開門。」

大野狼按下門把，輕輕鬆鬆就開門了。他從玄關穿過走廊來到房間，發現外婆正躺在木板床上睡覺。外婆瘦得只剩下皮包骨了，他得趁小紅帽抵達之前，趕緊把她收拾掉才行。

「吼！」大野狼朝著驚嚇不已的外婆直撲而去，然後不顧對方的驚聲尖叫，大口咬了上去，連皮帶骨地啃著她的肉，品嘗她的鮮血。

不出大野狼所料，味道並不怎麼鮮美，所以還剩下很多。大野狼把剩餘的生肉與鮮血裝進器皿後，擺好在餐桌上，打算等之後肚子餓了再拿來果腹。

然後他戴上外婆的睡帽，直接鑽進被窩裡。因為他已經吃飽喝足了，沒多久就開始有了睡意。這時，門口突然傳來敲門的聲音。

「是誰呀？」

大野狼慌忙裝出女聲回應。

「我是小紅帽，媽媽要我拿餅乾和葡萄酒過來。請幫我開門。」

大野狼急忙拉低帽簷，拚命拉高嗓音答道：

「妳自己按一下門把吧，按下去就會開了。」

小紅帽照吩咐按下門把走進屋裡，關上大門後正要往屋內走去，就聽見房間傳來外婆的聲音。

「妳肚子餓了吧？餐桌上有美味的肉和葡萄酒，妳先吃一點填填肚子。」

「好的，外婆。」

小紅帽回答後，來到餐桌前就坐。桌上擺著新鮮的生肉與鮮紅的葡萄酒。她按照外婆說的，用刀子切一口生肉送進嘴裡。雖然吃起來就像剛肢解下來的肉一樣，有一種混雜著鮮血的腥臭味，但她還是咬牙吞了下去。然後她也喝了葡萄酒，喝起來莫名溫熱。

用過餐後，小紅帽大步走向外婆躺著的床邊。

「呼，吃得好飽喔。外婆啊，妳的身體還好嗎？」

說完，小紅帽朝棉被底下探了探，想看清楚外婆的臉。雖然屋內光線愈來愈暗，但她立刻就知道床上躺著的不是別人，正是大野狼。

「哇，外婆，妳的手臂怎麼這麼粗呀？」

小紅帽若無其事地說。

「因為這樣才能把妳抱得更緊呀。」

小紅帽不以為意地繼續問：

「哇，外婆，妳的腳怎麼這麼大呀？」

「因為這樣才能跑得更快呀。」

「哇，外婆，妳的耳朵怎麼這麼大呀？」

「因為這樣才能聽清楚妳說的話呀。」

「哇，外婆，妳的眼睛怎麼這麼大呀？」

「因為這樣才能把妳看得更清楚呀。」

「哇，外婆，妳的手怎麼這麼大呀？」

「因為這樣才能好好抓住妳呀。」

「哇，外婆，妳的嘴巴怎麼這麼大呀？」

「因為這樣才能盡情享用妳呀。」

說到這裡，大野狼突然跳起來撲向小紅帽，把她的身體壓在床上，想要強行褪去她的洋裝。然而就在此時，小紅帽一句冷靜的回應，令他嚇了一跳。

「等、等一下啦，大野狼先生。每一件事情總有先後順序的嘛。」

這反應聽來實在不像是一個被男人襲擊時，理應處於恐懼中的稚齡處女的聲音。

「人家不喜歡太暴力的，你也講究一下情調嘛。」

「妳、妳……難道不是第一次？」

大野狼有些不知所措。

「算了，既然妳有那個意思，我反而也好辦事。我們就盡情歡快一場吧。」

大野狼雖然有些猶豫，但還是調整好心情，重新扯開小紅帽胸前的衣襟，想要撫摸她剛開始發育的乳房。然而就在這時……

大野狼感覺好像有什麼冰冷的東西抵住自己的後頸，他嚇得轉頭往背後一看。

「你這個混帳東西，把手舉起來！」

竟然是他最害怕的森林獵人用槍口抵著他。就在大野狼臉色慘白地舉起雙手的同時，小紅帽泰然自若地從床上起身，迅速整理好胸前凌亂的衣衫。

「如你所見，獵人先生。趕緊一槍射死這隻色狼吧！」

「等、等一下，有話好說嘛。」

大野狼死命求饒。

「我只是一時沖昏頭而已。對不起，請原諒我吧。我保證不會再犯了。」

「那你告訴我，我外婆去哪裡了？」

「妳、妳外婆？她、她……」大野狼支支吾吾地說。

「我外婆生病了，應該不可能走遠才對。之前我來探病的時候，她連在床上說：『請進。』都得費好大的力氣。啊哈，我知道了，你把她吃掉了對吧？」

「我、我不知道啊，我哪知道她在哪裡……」

「也是啊，你當然不知道，因為你總是像這樣佯裝不知情。」

小紅帽斜眼瞪著跪在獵人槍管底下抖簌簌的大野狼，冷酷地繼續說道：

「你就是靠這招玩弄我的媽媽以後，毫不留情地甩了她。也許她當時沒被你吃掉已經是三生有幸了。不，或許當時就被你吃掉還比較好吧，至少這樣我就不會出生在這個世界上了。」

「妳、妳說什麼？」

大野狼聽了大驚失色。

「是的，你沒聽錯，我就是你的女兒。你差一點就要跟你親生女兒上床了！」

「妳、妳是我女兒？」

「你記得我媽媽吧？就算忘了我也會讓你記起來，就是穿過一座森林以後，住在另一頭村子裡的○○啦。」

「誰、誰呀，我才不認識。」

小紅帽隱約感覺得出來，大野狼並沒有在說謊。

「喔，你連我媽媽的名字都不記得了啊？媽媽竟然替你這種連她名字都記不得的男人生下孩子。不對，你該不會是從一開始就不知道媽媽叫什麼名字吧？」

被小紅帽一語中的，大野狼臉色一陣青一陣紅。

這麼說來，他年輕時的確放浪形骸，傷透不少女人的心，在那之中或許也有小紅帽的媽媽吧。

他往往只是因一時的性欲而衝動地與女人上床，但那些女人卻總是認真看待，只因為她們把第一次獻給了他，所以也會逼著他要結婚。他每次都油嘴滑舌地笑著蒙混過去。就像大野狼折磨小動物那樣，他也折磨了許多女人的心。

究竟有多少女人因為他而毀了一生呢？究竟有多少女人因為他葬送了未來呢？大野狼從未深思過這件事，他一向吊兒啷噹。

每次在路上看見美女經過，他的「動物本能」就會翻湧而出，「啊，美女，我想讓她成為我的人！」他從來沒有認真思考過對女性而言，共度良宵究竟具有什麼樣的意義。

他常隨著當下的氣氛與心情在女人耳邊甜言蜜語，或是與對方立下山盟海誓，不過他並沒有要說謊的意思。他在那個當下確實是那樣想的，他當時真的覺得世界上沒有誰比眼前的女人更可愛了，就算要結婚也無所謂。

不過，一旦發生過關係，先前的熱情就會瞬間冷卻，讓他不再想跟同一個女人上床第二次。當關係深入到超過一定程度後，一切就結束了。什麼結婚啦、共築溫馨家庭、生養小孩……他想都沒想過。沒有什麼事比單身更輕鬆的了。他討厭背負責任，也不想要受到束縛。

「反正，你還是放棄吧。當你在森林裡遇見我，就代表你的生命已走到盡頭了。從此以後，你再也沒機會傷遍女人的心，讓那些無辜小生命誕生在這世界上了，因為你就要死了。」

「等、等一下，妳真的是我的女兒嗎？」

驚慌失措的大野狼，仍絞盡腦汁地思考該如何脫身。

「如果妳真的是我的女兒，我向妳道歉。我為我先前的行為道歉。不信的話，我現在就做給妳看。」

說完，大野狼突然向她磕頭。

「從今以後我會盡力補償妳的。妳別看我這樣，這麼多年來，我可是一點一滴積攢了不少錢。我可以用這筆錢讓妳去上學，讓妳買漂亮的衣服，讓妳住在明亮乾淨的房子裡。真的，我答應妳！」

「呵，你在說什麼啊。」

小紅帽不屑地笑了。

「那是你在媽媽懷孕時，就應該說的話吧。一切都太遲了，如果你在那時候就對可憐的媽媽這麼說，如今也不會落得葬送性命的下場。」

小紅帽繼續說：「你以為我會被金錢所迷惑嗎？我才不想從你那裡得到半毛錢。換作是媽媽一定也會拒收你的臭錢的。我和媽媽被你拋棄以後過著什麼樣的悲慘生活，你一定無法想像吧。或許對你來說只是一晚的歡愉，但對於被侵犯的女人來說，卻是一輩子無法癒合的傷口。當時承受的傷痛，將會伴隨著她一生一世……」

說到這裡，小紅帽突然對著窗外大喊：「好了，妳們可以出來了！」

只見一群女人從庭院的各個角落鑽出來，彷彿已經等待小紅帽的信號許久。放眼望去，應該有十幾二十個人這麼多吧。當中有年輕或中年的，也有年老色衰的；有面容姣好的，也有其貌不揚的；有身材好的，也有身材不好的，什麼樣的人都有。

獵人嚇了一大跳，驚叫著：「妳、妳們到底是誰？」

「你給我閉嘴！」

「我們都對這匹狼懷恨在心。」

「沒錯，我絕對不原諒這個男人。他蹂躪我的身體、傷透我的心之後，把我甩了就跑。」

「他害我被解除婚約，生下私生子以後，還被周遭的人排擠，你可知道我過得有多痛苦。」

「我那時候還是個未經世事的處女耶，他卻用甜言蜜語騙走我的童貞。」

大家你一言我一語地痛斥道。

「你還記得我嗎？你對我說過那麼多甜言蜜語，不可能會忘記的吧。」

「你說過要跟我結婚的吧？你還問我能不能幫你生孩子，讓我感動得都落淚了。」

「你應該沒有忘記你對我說過這樣的話吧？你說你第一次遇見像我這樣的女人，說你會讓我幸福，還說你願意為我賭上一切。」

在眾多女人的圍剿下，大野狼顯得極度驚慌，完全手足無措。

「天啊，救救我吧！我、我知道了，都是我不好，請原諒我吧。我會負責的、我會負責的。我願意結婚，不，我願意離婚……」

大野狼已經語無倫次了。

「好了，獵人先生，快一槍斃了他吧。」

小紅帽冷酷地對著略顯遲疑的獵人說。

「槍、槍斃？」

大野狼嚇得全身顫抖。

「請、請妳原諒我……都是我不好，真的都是我的錯。妳也是我的孩子吧？妳體內也流著一半我的血吧？妳狠得下心殺死親生父親嗎？」

「我從沒把你當作我的父親。」

小紅帽冷酷地回應道。

「你頭也不回地就把我們拋棄了，不負責任也沒盡到養育的義務，你這樣叫做爸爸嗎？

別開玩笑了。」

隨著小紅帽的一席話，女人們同仇敵愾地集聚在她身邊，手挽著手站定在原地，面目猙獰地瞪著大野狼。

「看到了吧，現在大家對你的憎恨已經累積至極限了。你最好趁這個機會看清楚，被你始亂終棄的女人是多麼地恨你，看清楚那些因為一個晚上就被毀了一生的女人，如何徹夜痛哭，就為了你這個死一百萬遍也不足惜的男人。像你這樣的人就算消失在這個世界上，我們也只會拍手叫好而已。好了，獵人先生，請動手吧！」

「砰！」現場響起震耳欲聾的槍聲。子彈射出槍口，大野狼當場中彈倒地。獵人快步上前確認他是否斷氣，然後用單手扶起屍體，另一手握住匕首，一口氣從屍體的脖子割到下腹部。

獵人頓時被溫熱鮮血噴得滿臉，狼的肚子不斷流出看起來沒消化完全的肉塊。獵人繼續往下切，發現肉塊中還參雜著形狀依稀可辨識的手腳，還有一部分的頭蓋骨。

光是想像大野狼津津有味地嚼著那些肉和骨頭的畫面，就連獵人也感到一陣噁心。接著他慌忙遮住小紅帽的視線。

「不行，小紅帽，妳不要看。」

不過，小紅帽早就看得一清二楚。在血腥的肉塊之間，清楚看見人類的手腳和頭顱，那肯定是她外婆的……

大野狼剛才要她吃的生肉和鮮血，該不會也是外婆的吧？這回連小紅帽也感到毛骨悚然，但儘管身體簌簌發抖，眼睛卻睜得老大，只為了親眼見證所有的過程。

至於其他女人則是情緒激動，有的人不知道是不是因為震驚過度，還處於失神狀態中，有的人則激動到當場痛哭流涕。

「太好了，終於討回公道了。」

「這樣一來，女性公敵就從這世界上消失了，再也不會有女人像我們這樣被欺負了。」

「可是就算殺了這男人，我們的人生已無法挽回，也不可能奪回失去的貞操。」

沒錯，也有這種自暴自棄的女人。

「妳不要有這樣的想法。妳更應該要正面思考才對，正面思考。」

另一個女人義正詞嚴地說道。

「妳就把我們想成是被犧牲的棋子吧。正因為我們嘗過這些辛酸苦楚，今天才能夠在這裡向大野狼報仇啊。」

「所以，我們是在親手替這個社會掃除禍害。」

「好了、好了。」小紅帽冷靜地制止這些情緒失控的女人。

「我能明白妳們的激動，但我們現在還有一些事情要做。」

「我們該做些什麼呢？」

「搬石頭。把庭院或路上所有石頭都搬過來，大的小的都無所謂，反正愈多愈好。」

「石頭？」

雖然大家並不清楚收集石頭要做什麼用，但還是朝四面八方移動，「放心吧，包在我們身上。」

女人們衝進庭院，陸陸續續把大石頭搬進房間裡。嘿咻、嘿咻，一眨眼的工夫，房裡就堆滿大大小小的石頭。小紅帽一看石頭數量夠了，便開始把那些石塊塞進大野狼被掏空的肚子裡。

她一塊接一塊地塞，塞到幾乎快塞不下了才停止。乍聽之下，這好像是一種相當殘忍的行為，不過這種剖開肚子塞石頭的行為，其實並不像現代人所認為的那麼異常。歐洲從十二世紀起，便已經有這種開腸剖肚塞進石頭的處刑方式。

其他女人剛開始只是在旁觀望，後來也加入小紅帽的行列，幫忙將石頭塞進大野狼的肚子裡。全部塞滿再用針線縫合以後，女人們的氣勢也高昂了起來。

「活該！可惡的大野狼！」

「自作自受！總算輪到你嘗嘗懷孕的痛苦了！」

「不管你痛得如何哀號，也不會有什麼嬰兒生出來的。」

「你害我們嘗盡身陷地獄的苦楚，現在也該換你受罪了。」

接著，她們你一腳我一腳地狠踹大野狼的肚子，讓他的屍體在地板上來回翻滾。獵人則是目瞪口呆地站在一旁看著這一幕。老實說，他從剛才開始就一直處於驚嚇中，但現在他更親眼見證了女人的執念有多麼恐怖。

「接下來……妳們打算怎麼辦呢？」在盛宴後的空虛中，小紅帽開口問。

「怎麼辦？」其中一人喃喃說道。

「反正也無處可去。像我們這樣的女人，現在已經不會有人家想要收留我們了。」

「是啊，我們是所謂的異端者。在暴力之下被奪走童貞的女人、生下私生子的女人、被男人始亂終棄的女人……我們每一個人的遭遇，明明和我們的人格沒有任何關係，卻被蓋上異端者的烙印。」

「這都是男性社會建構出來的價值觀，而且我們一輩子都得受制於這樣的價值觀。」

「女人又不是物品，我們不是給男人發洩欲望的工具！」

「男人算什麼東西。就算沒有他們，我們一樣能活得好好的！」

「但是活在比我們更早時代的女性，她們更悲慘。有些人只因為生下私生子，就被從懸崖上推落谷底；有些人只因為想處理掉剛出生的嬰兒，就被斬首或活埋。」

「就算不至於此，也會跟娼婦一起被關進收容所裡，或是胸前被烙上奇怪的印記。」

「對啊，我們身上背負著的，就是這些可憐女人的歷史。」

「就算是為了這些人，我們也必須振作才行。不能讓這世界上再出現任何一個這麼可憐的女人。這是我們每一個人都應該盡到的責任！」

「我們來打造一個只有女人、只為女人存在的國度吧。那裡沒有半個男人，由女人來制定專為女人存在的法律、專為女人存在的國家、專為女人存在的社會。」

「蠢死了，妳們想重演男人的愚昧嗎？建立新的國家、制定新的法律，也只會讓男人被束縛得動彈不得而已，現在別講這種小家子氣的事。」

「我們不要那種冠冕堂皇的東西。法律算什麼？國家算什麼？真正迫害我們的，不就是以法律或國家為名、沒有實體的怪物嗎？說來說去，給處女冠上價值加以衡量的人究竟是誰？不就是男人嗎？女人也有享受快樂的權利。女人也有侵犯男人、消費男人、拋棄男人、玩弄男人的權利。」

「別說了，那也是愚蠢至極的想法。陶醉在支配誰或被誰支配這種無聊遊戲裡的，不就只有男人嗎？政治遊戲、戰爭遊戲，那些東西就留給愚蠢的男人作專利吧。與其討論這個，不如來打造一個更自由、夢幻、溫暖，而且只有女人的國度。」

「妳們講得一個比一個誇張。」

小紅帽再次冷靜地插嘴道。

「總之，請妳們各自回家吧，因為這裡並不是專為被拋棄的女人所準備的意見箱。」

回到家以後，小紅帽把當天發生的事一五一十地告訴媽媽。當然，關於她一手策劃犯罪這件事，她隻字未提。

她只告訴媽媽，她抵達外婆家以後，沒看見外婆的身影，而大野狼已經埋伏在床上了。就在她即將被大野狼侵犯而死命求救的時候，獵人「剛好」衝進屋內一槍斃了大野狼，救了她一命。然而遺憾的是，外婆已經早一步被大野狼吃掉了。

小紅帽心想，媽媽聽了這些話該有多震驚啊，但出乎她意料的是，媽媽並未表現出大受衝擊的樣子，反而立刻著手準備外婆的葬禮。

「妳趕快去教會拜託神父幫忙籌備葬禮，然後準備好鮮花，再跟這裡、這裡還有這裡聯絡……」

媽媽表現得很積極，簡直就像早已預料到外婆的死訊，而且好像從一開始就知道事情會如此發展一樣，連對葬禮的準備也知之甚詳。

小紅帽隱約覺得媽媽是不是對一切情況都瞭如指掌。不，豈止如此，該不會連她在半路遇見大野狼、大野狼吃掉外婆，還有她拜託獵人收拾大野狼等一切，媽媽全都知曉？

想到這裡，小紅帽不禁害怕起這樣的媽媽。

她一度鼓起勇氣問：「媽媽早就知道我知道大野狼是自己的爸爸了嗎？」

然而，媽媽什麼也沒說，只給了她一個神祕的微笑。

或許，媽媽是在利用她來對那個始亂終棄的大野狼進行復仇。而且，還是無懈可擊的完美犯罪……

遙遠的起源

布魯諾・貝特漢（Bruno Bettelheim）在著作《童話的魅力》（*The Uses of Enchantment: The Meaning and Importance of Fairy Tales*）中提到，〈小紅帽〉的起源可以追溯到兩個古老的故事。其中一個是在克洛諾斯（Cronus）的神話中，克洛諾斯吞掉自己的孩子，但那些孩子卻奇蹟似地從他的肚子裡活著出來，然後為了代替那些孩子，他的身體裡就被塞進沉重的石頭。

另一篇故事則是在西元一〇二三年的古羅馬神話中，一個小女孩和狼一起生活的故事，那個女孩戴著紅布做的帽子，而且她非常珍惜那頂帽子。

換句話說，根據貝特漢的論述，「紅帽女孩與大野狼的組合，加上被活生生吞進肚裡，卻毫髮無傷地生還，然後為了代替自己而塞進石頭」的這套〈小紅帽〉的基本架構，早在夏爾・佩羅（Charles Perrault）寫下〈小紅帽〉的六個世紀前就已存在。

在格林兄弟與佩羅之間

說到〈小紅帽〉，日本最熟悉的就是格林兄弟的版本，但最初寫出這個童話的人，其實是十七世紀的法國童話作家佩羅。不過在佩羅的童話中，小紅帽被大野狼吃掉以後，故事就結束了。

相對於此，在格林兄弟的〈小紅帽〉中，小紅帽被大野狼吃掉以後，獵人出現了，把大野狼的肚子剖開，救出小紅帽與她的外婆。然後又為了復仇，三人一起把石頭塞進大野狼的肚子裡……像這樣添加了圓滿的結局。

日本的法國文學研究者片木智年在其著作《佩羅童話的女主角》裡提到，在格林兄弟的〈小紅帽〉中，小紅帽與外婆很明確地被設定為善的角色，大野狼被設定為惡的角色，最後大野狼受到懲罰而死亡，是一個很清楚易懂的勸善懲惡故事。

格林兄弟曾說，他們蒐集的童話都是純粹起源於德國的故事，而〈小紅帽〉的故事也是從一個住在黑森（Hessen）地區，名叫瑪麗的農婦口中聽來的。過去大家一直對此深信不疑，但後來的研究證實，這位名叫瑪麗的女性其實是個知識分子，是逃亡至德國的法國胡格諾派（Huguenots，新教徒）後裔。

由此推測，格林兄弟很有可能是在聽完這名女性所描述的佩羅版〈小紅帽〉故事以後，刻意改編了故事情節。

在亞倫・鄧得斯（Alan Dundes）所編著的《小紅帽：一個專題的研究》（*Little Red*

Riding Hood: A Casebook）中，〈從精神分析學角度闡釋「小紅帽」〉（Interpreting "Little Red Riding Hood Psychoanalytically）這一章提到，〈小紅帽〉的結尾部分（獵人從大野狼的肚子裡救出被害者，再把石頭塞進去的情節）借用了〈大野狼與七隻小羊〉這則民間故事的橋段。

不過，姑且不論故事的起源，相較於善惡界線模糊且非幸福結局的佩羅版本，日本人似乎比較欣賞格林兄弟的〈小紅帽〉。就以給兒童閱讀的故事來說，如果被大野狼吃掉以後，故事就結束了，似乎會讓人覺得有些不足。

性愛成年禮？

「小紅帽自行褪去衣衫，按照大野狼的指示鑽進被窩裡，一起躺在床上。大野狼在床上只穿著輕薄的內衣，小紅帽隔著內衣感觸到大野狼的身體構造後大吃一驚。」片木智年根據這段佩羅版〈小紅帽〉的結尾部分，分析此段文描寫的是少女在面對性愛成年禮時的模樣。

除此之外，片木智年更表示，佩羅在下列這段添附於故事結尾的訓誨詩中，清楚明言〈小紅帽〉是一則喪失處女之身的故事。

「如您所見，在年幼的孩童之中，也有面容姣好、身材曼妙、甜美可人的，那樣的年輕女孩如果隨意聽信他人，後果恐怕不堪設想。即使最後有很多女孩被大野狼吃掉，也不是什麼意料之外的事。」（摘自講談社文庫《完譯佩羅傳說集——睡美人》，巖谷國士譯）

女性贏得勝利的故事

根據美國心理學家埃里希．佛洛姆（Erich Fromm）所述，「紅色頭巾」或「紅帽子」原本象徵的是「月經」的意思，代表主角終於到了破瓜之年，是正在面對性愛問題的少女。至於媽媽提醒她：「不要摔破葡萄酒瓶。」則是在警告她：「不要被男人欺騙而失去處女之身。」

不過，小紅帽忘記媽媽的警告，被大野狼所說的「那裡開著漂亮的花朵」或「聽得見小鳥歡欣歌唱的聲音」給誘惑，一步一步朝森林深處前進。此處所謂的森林，正如日本的小說家暨法國文學研究者澀澤龍彥在〈童話的情色性〉（《澀澤龍彥集III》）中提到的，〈睡美人〉故事裡王子披荊斬棘的森林象徵著「處女的陰道」一樣，這裡也被定義為「女性性器官的象徵」。

佛洛姆更在著作《夢的精神分析》（*The Forgotten Language*）中，寫道：「在童話故事中，男性被描述為殘酷又狡猾的動物，性行為則被描述為男性將女性生吞活剝似的行為。」

女性的優越性在於具有生產的能力，而小紅帽將象徵不孕的石頭塞進大野狼的肚子裡，則是在嘲笑大野狼竟然試圖扮演女性角色的僭越，他的行為則按照原始時代以牙還牙的規定，以相當於自身所犯罪行的形式接受懲罰之意。

此外，佛洛姆也表示，這則童話的主角是以外婆、媽媽和女兒等三世代的女性為代表，其中所呈現的是男性與女性的對立，以及憎恨男性的女性最後靠著自己的力量取勝，這麼一個由女性贏得勝利的故事。

〈小紅帽〉口述版與佩羅版的差異

然而，在解析童話〈小紅帽〉之際，歷來的童話研究者或精神分析學家特別在意的，就是主角小紅帽頭上披的紅色頭巾。

但事實上，《小紅帽：一個專題的研究》中的保羅．戴拉魯（Paul Delarue）〈外婆的故事〉一章中提到，最先讓紅色頭巾在這則童話中登場的人，就是佩羅。

相對於此，從法國盧瓦爾河谷、北阿爾卑斯山、義大利北部到提洛為止，在這一帶貫穿東西的地區發現的口述版「小紅帽」中，沒有一個曾經出現紅色頭巾或紅色帽子。換句話說，在原始的口述版中，從來就不曾出現紅色頭巾。

相反地，在那些口述版中，幾乎一定會出現的，就是大野狼與小紅帽在森林裡相遇之後，大野狼問：「妳要走哪一條路？別針的路還是縫衣針的路？」（「別針」與「縫衣針」會隨地區不同而有不同的用詞變化），或者是大野狼殺死外婆以後，慫恿小紅帽吃外婆的血肉等場景。

除此之外，在那些口述版中，幾乎沒有一個像佩羅的作品那樣，主角被殺死以後故事就結束了，反而大部分都有自力救濟或受到強壯男性的幫助等情節。當然，故事結尾有「訓誨」的，也只有佩羅而已。

無論如何，此處可以充分推測的是，佩羅因為把讀者設定為王公貴族，所以刻意把他覺得低級而詭異的「小紅帽吃外婆的血肉」，或是粗俗的「別針和縫衣針」等內容刪掉。

〈小紅帽〉的各種版本

如前文所述，〈小紅帽〉有各種大同小異的版本，例如十九世紀下半葉在圖賴訥（Touraine）地區收集到的〈小紅帽〉，就是像以下這樣的故事：

到鄉下替人幫傭的女孩為了探病前往外婆家，途中遇到牽著一頭豬的醜男人。男人對她說：「這一條是去妳外婆家的捷徑。」實際上卻繞了好大一段路。

男人比女孩早一步抵達外婆家，並且在殺了外婆以後，把血盛裝到器皿裡，自己鑽進被窩裡。等女孩抵達後，假扮成外婆的男人要她「把器皿裡的血倒進鍋裡熬煮然後喝掉」。

女孩煮著煮著，突然聽見如天使般的聲音唱著：「被詛咒的女孩在熬煮外婆的鮮血！」女孩說她不想喝，男人就叫她躺到床上來。「外婆的手臂怎麼這麼粗！」女孩開始了一連串的提問，然後愈問愈害怕，便說：「我想小便。」男人在女孩的腳上綁一束毛線，手中握著其中一端，並允許女孩去外面。女孩一走到外面，就切斷毛線逃跑了……

片木智年描述道：「此處想要吃掉少女的男人，是很清楚的人類形象，更直接地表現出佩羅想透過大野狼這個比喻來表達的訊息。」

接下來也是十九世紀時，流傳於法國涅夫勒（Nièvre）地區蒙蒂尼奧阿莫蓋（Montigny-aux-Amognes）村的版本，故事內容如下：

「少女在媽媽的交代下，負責把麵包和牛奶送去外婆家，但她在兩條路交會的地方遇見了大野狼。大野狼問少女說：「妳要走縫衣針的路還是別針的路？」少女回答她要走縫衣針的路。

大野狼從別針的路早一步抵達外婆家，殺死外婆後，把她的肉放進器皿裡，把血倒入碗中。少女一抵達，大野狼就要她享用器皿裡的肉和碗裡的葡萄酒。

少女正在吃的時候，小貓說：「真是太可恥了，竟然吃外婆的肉，喝外婆的血。」最後大野狼對少女說：「請脫掉衣服躺到我旁邊。」少女脫下圍裙、胸衣、洋裝、襯裙。大野狼說那些東西「已經沒用了，丟到火裡燒掉吧。」

「外婆，妳的毛髮怎麼這麼濃密？」少女躺上床後，開始一連串的提問。愈問愈害怕的少女，最後表明想出去外面，大野狼便在少女的腳上綁好毛線後讓她出去。少女出去以後，將毛線的一端綁在院子裡的李樹上就逃跑了。

除此之外，在義大利提洛（Tyrol）地區採集到的版本，內容則相當令人作嘔。

女孩在前往外婆家的途中遇到食人魔。食人魔問女孩：「妳要走石子路還是走荊棘路？」女孩回答石子路。途中，她摘了五顏六色的花朵。於此同時，選擇走荊棘路的食人魔則早一步抵達外婆家。他殺了外婆並吃下肚以後，用外婆的腸子代替門把掛在門上，再把外婆的血、牙齒和下巴放在廚房。

女孩正要打開門時，發現手中拉著一條軟軟的東西，便說：「怎麼這麼軟！」食人魔告訴她：「那是妳外婆的腸子啦。」

女孩走進屋裡，說她肚子餓了。食人魔說：「廚房裡有米粒。」於是女孩把牙齒當成米粒拿了出來。「怎麼這麼硬！」她說。「乖乖吃下去就是了，那是妳外婆的牙齒啦。」食人魔說。

女孩說她肚子還是很餓。食人魔說：「廚房還有兩塊肉。」女孩拿出下巴的肉說：「怎麼這麼紅！」食人魔回答：「那是妳外婆的下巴肉啦！」

女孩說她口渴了。食人魔回答：「廚房還有剩葡萄酒。」女孩拿出葡萄酒說：「這個怎麼這麼紅！」食人魔回答：「那是妳外婆的血啦。」然後女孩躺上床，一口就被吃掉了。

這些食人魔對女孩說「妳要走哪一條路？別針的路還是縫衣針的路？」的臺詞，不同的地區有不同的版本，有的是「魚鉤的路和荊棘的路」，有的是「小石子路和荊棘的路」，有的是「樹根的路和石子路」，有的是「鈕釦的路和小鈴鐺的路」。

片木智年分析道：「可想而知，這些代表的是在人生道路上，在成長的過程中所必須做出的選擇。如果選擇其中一條路，勢必得放棄另外一條路。」

拋棄老人

後來，專攻德國文學的金成陽一在著作《誰解放了「小紅帽」？》中拋出了幾個疑問，就是小紅帽的外婆為什麼「一個人寂寞地住在森林裡呢？只是因為她討厭人群嗎？還是，她其實是個被孩子拋棄的可憐女人呢？」以及「獨自住在大野狼出沒的森林裡，老婆婆究竟是何方神聖？」根據金成陽一的論述，當時的森林是一處「不只有野狼出沒，還潛伏著各種來路不明的奇怪生物的地方」，而且「完全被隔絕在一般人生活的世界之外」。

因此，金成陽一進一步推論道，小紅帽的媽媽（與爸爸）就是把外婆獨自一人趕進森林裡的始作俑者，而且因為她不想自己去探望外婆，所以即使明知森林裡很危險，還是派小紅帽代替她去。

「讓自己與孫女一起被大野狼吃掉」其實是外婆的計畫，因為外婆想用這個方法對小紅帽的媽媽報仇。因此，外婆事先與她一直照顧有加的大野狼談好條件，「把我整個人吞下去，但不要殺死我，你想要什麼我都可以給你。」然後讓大野狼把自己吞下去，再把小紅帽也吞下去。

接下來，事先應該也跟外婆談過條件的獵人偶然（？）經過，把大野狼殺死後，將外婆平安無事地從大野狼的肚子裡救出來……這就是金成陽一導出的有趣推論。

另一方面，日本歷史學家森義信則在著作《童話的深層》中提出疑問：「對中世紀的西歐人而言，森林是包圍城鎮或村落的廣大黑暗區域，也是野獸或魔女居住的恐怖世界。（中略）生病的外婆住在森林裡的獨棟屋子內，在現代這種以小家庭為主的社會還算正常，但在以大家庭為主的十六、七世紀，卻是一件不可思議的事。」接著再介紹西洋史學家木村尚三郎的論點，也就是外婆之所以會住在森林裡，實際上會不會就是日本所謂「姥捨」（拋棄老人在山中自生自滅）的情形呢？

「小紅帽的媽媽捨棄了生病的母親，雖然不知道是否為親生母親，但在她活著的期間還是很在意她，可是又不想親自去探病，所以就讓自己的孩子去。」（森義信《童話的深層》）

然而，佩羅為什麼要讓主角戴紅色頭巾呢？根據鄧得斯編著的《小紅帽：一個專題的研究》中，傑克・齊普斯（Jack Zipes）的〈由男性所創造、投影的「小紅帽」〉所述，佩羅童話裡出現的「chaperon」（帽子），據說指的是十六、七世紀貴族女性穿戴的一種女式頭巾、帽子，在路易十四當時，中產階級女性戴的是布製的帽子，貴族女性戴的則是天鵝絨的帽子，尤其鮮豔的顏色和紅色備受喜愛。

森義信在《童話的深層》中提到，紅色用在小女孩身上確實會看起來惹人疼愛，但如果年紀稍長的女性穿著紅色衣服、塗紅色口紅或紅色指甲油，在男性眼中會看起來很煽情，必然會魅惑男人的心。

根據森義信所述，從西歐中世紀到宗教改革期間，紅色是用來區別反社會人格者的標記，但包括娼婦、劊子手或麻瘋病患者身上，也都會被強制烙上這個顏色。所以一般人很輕蔑紅色，因為這是娼婦喜歡穿戴在身上的顏色，是惡魔的顏色。

森義信提出的結論是，像紅色這種顯眼又煽情的顏色，是一種代表危險的顏色，因此面對一個戴著負面形象色彩頭巾的少女，男性（大野狼）會輕易上前搭訕是理所當然的事。而且真正犯下錯誤的人，反而是把紅色頭巾送給孫女的外婆，或是讓女兒戴上頭巾的媽媽。

狼人

對於中世紀的歐洲人而言，狼是很常見的動物，只要有狼出沒的地方，就會有人類或山羊、綿羊、豬等家畜被生吞活剝。不僅〈小紅帽〉，包括〈大野狼與七隻小羊〉、〈野狼與狐狸〉、〈野狼與人類〉等格林童話在內，很多童話都有出現野狼的角色。

不過，根據森義信的說法，〈小紅帽〉當中的大野狼並不是真正的狼，而是象徵著「依循本能縱情奔放，而不屈服於人類社會的秩序、正義、權威或力量的男性」。

根據森義信的論點，這則童話起源於古代到中世紀時，流傳於法國地區的「狼人」（又稱人狼）迷信。當時所謂的「狼人」，指的是有殺害、吃食兒童嫌疑的男性，因此對應到的就是「精神錯亂、發狂、性倒錯（paraphilia，性偏好異常、性變態）者」這種遭社會排擠的男性形象。

按照森義信所述，當時那些對「狼人」進行的逮捕與判決，後來在十六、七世紀時流傳到歐洲，變成用來審判女巫的依據。佩羅那個時代或許還維持著這樣的審判，所以他才會對那些審判留下鮮明的記憶吧。

森義信提到，十六、七世紀是少年、少女經常被侵犯或殺害的「孩童受難」的時代，因為當時的大人很忙碌，沒有多餘的心力去保護孩子。

大野狼是小紅帽的生父嗎？

在我的〈小紅帽〉版本中，故事的發展是以大野狼是小紅帽的生父為前提。事實上，有多位研究專家曾在著作中暗示「大野狼是小紅帽生父的可能性」，或者「小紅帽的媽媽與大野狼有肉體關係的可能性」。

首先，在片木智年的《佩羅童話的女主角》中，有一個法國勒皮昂韋萊（Le Puy-en-Velay，簡稱勒皮）的版本：

> 替人幫傭的女孩從主人那裡得到乳酪和麵包以後，準備回媽媽家一趟。途中，她在森林裡遇到大野狼，野狼問她要選荊棘的路還是縫衣針的路，她選了荊棘的路。大野狼則走縫衣針的路，早一步抵達女孩的媽媽家，把她媽媽殺了吃掉，然後把吃剩的肉放在火上烤，再把血裝進瓶子裡。女孩抵達後，大野狼模仿她媽媽的聲音，叫女孩享用烤肉和葡萄酒。女孩吃了媽媽的肉，喝了媽媽的血。在女孩吃媽媽的肉的時候，窗邊的小鳥

說：「吱吱吱，妳在吃媽媽的肉，喝媽媽的血。」但女孩還是繼續吃肉喝血，最後按照大野狼的指示脫掉衣服躺上床，被大野狼一口吃掉……

格林和佩羅版本裡的外婆在這個版本中變成了媽媽，藉由大野狼吃掉媽媽的情節，暗示大野狼與小紅帽的母親有肉體關係的可能性。

此外，貝特漢在《童話的魅力》中提到，〈小紅帽〉的童話「寫的是女孩在潛意識中想要被父親誘惑的渴望」，而且「這篇故事裡的父親以兩種形象存在，一是大野狼，也就是以具有強烈伊底帕斯情結的危險形象出現的角色，另一個則是扮演保護與救助角色的獵人。」

除此之外，根據鄧得斯編著的《小紅帽：一個專題的研究》所述，佛洛伊德也曾表示過在自己的患者病例中，大野狼只不過是最初出現的父親形象。這樣說來，關於吃掉小羊或小紅帽的大野狼，童話中所暗喻的內容，或許只是幼童對於父親的恐懼感罷了。

至於「大野狼是小紅帽父親的可能性」，日本文藝評論家清水正在著作《小紅帽就是大野狼》中，提出更進一步的論述。

清水正提倡的論點是：「小紅帽的媽媽在年輕的時候，曾經獨自帶著『高級甜點與葡萄酒』前往森林，她在森林中被大野狼搭訕，並且被奪走貞操，還懷孕生下大野狼的孩子，那個孩子就是小紅帽。」

此外，清水正還進行了一番精彩的推理，他說小紅帽的母親生下小紅帽以後，見到嬰兒的耳朵和嘴巴像狼一樣大得異常而備受驚嚇，便用「紅色頭巾」緊緊包裹住她的頭，並且隱瞞她是野狼後代的事實，把她當成小女孩撫養長大。

我根據這些有趣的解釋，將〈小紅帽〉描寫成一個誕生在這個世界上的大野狼之女，在成長過程中從未接受到父親的愛，父親也不曉得她的存在，因此才對父親進行一場殘酷的復仇劇。

在小紅帽心中，父親的形象就是對自己母親始亂終棄的「壞」男人，因此男人只不過是誘惑女人後便始亂終棄的醜陋加害者罷了。這種父親的形象從小就深植在她心中，導致她不僅無法對男人這種生物懷抱最單純的憧憬，甚至在內心某處對男人有強烈的不信任感。

原本聽到「小紅帽」三個字會聯想到天真無邪形象的人，在看了此處描寫的冷血少女後，或許會感到有些愕然吧。

不過，這正是現代版殘酷童話的真面目？還是只是我自己的想像而已？

小紅帽殺了外婆嗎？

貝特漢認為，小紅帽在森林裡遇見大野狼後，之所以詳細地告訴他外婆家在哪裡，是因為小紅帽心中早已存在「殺死外婆」這種潛意識的渴望。

根據貝特漢的分析，外婆把「紅色頭巾」給孫女，代表「年長女性放棄自己對男性的魅力，把它讓給年輕女孩」的意思。換句話說，外婆把紅色頭巾交給孫女，就是把性魅力傳遞給未成熟者之意。

不過，由於小紅帽對於性愛還沒做好心理準備，因此當時她的想法應該是「我如果想在性愛面上勝過經驗豐富的對手，唯一的方法就是除去對方。」

貝特漢認為，小紅帽之所以告訴大野狼外婆家方向，其實就像在對他說：「別在意我，去找外婆吧。外婆是成熟的女性，所以知道該如何應付你。」

此外，關於大野狼在森林裡遇到小紅帽的時候，為什麼沒有馬上吃掉她這一點，貝特漢的解釋則是只要外婆（媽媽）還在，小紅帽就不會成為大野狼的獵物，而且大野狼也認為「如果要得到小紅帽，必須先除掉外婆才行」。

貝特漢認為這個故事寫的是女孩在潛意識中想要被父親（大野狼）誘惑的渴望。他說有伊底帕斯情結的少女都對父親懷抱著憧憬，內心潛藏著想要誘惑父親或被父親誘惑的渴望。

貝特漢提到，在〈小紅帽〉的故事中，父親從頭到尾都沒有出現過，而是以隱晦的形式存在於故事裡，這在傳說故事當中是很少見的情形。

根據他的論述，思春期少女如前文所述，都懷抱著想誘惑父親或被父親誘惑的渴望，不過懷抱那份渴望的結果，就是一旦被捲入情緒性的問題當中，就會希望父親把自己從所有困難中解救出來。

因此，貝特漢才會提出前述的分析，也就是〈小紅帽〉裡出現的父親有兩個對比性的角色：將有伊底帕斯情結的危險性外化的大野狼，以及將父親做為保護者、救助者等功能外化的獵人。

小紅帽的完美犯罪

關於殺害外婆的論點，前述的清水正也在其著作《小紅帽就是大野狼》中，做了相當有趣的解釋。根據他的說法，外婆是被小紅帽一家拋棄在森林裡的老人，而且他們一家人都暗自希望外婆死去。小紅帽一家殺害外婆的行徑，可以說是一場把罪行嫁禍於大野狼的完美犯罪。

小紅帽拜託大野狼去殺害外婆，並且答應他如果成功了，就把處女之身獻給他。小紅帽與大野狼暫時分開後，之所以開始摘取要送給外婆的花，事實上也是為了製造殺害外婆的不在場證明。

大野狼按照與小紅帽的約定殺死外婆，小紅帽也依約將處女之身獻給大野狼。但小紅帽心想，只要大野狼還活著，她的罪狀隨時都有可能會被揭發，幸好從小就認識的獵人剛好經過，她告訴獵人自己被邪惡的大野狼強姦，要獵人把她從大野狼的肚子裡救出來。又因為她不能讓實際痛下毒手的大野狼活著，所以便在大野狼的肚子裡塞進好幾顆大石頭，以殺死大野狼……

以上就是清水正提出的有趣推論。

小紅帽塞進大野狼肚子裡的石塊

雖然概略聽下來就覺得這是一種非常殘忍的處刑方式，但根據森義信的說法，這種為了殺人而剖開肚皮把石頭塞進去的處刑方式，其實早在十二世紀以後的盎格魯—諾曼（Anglo-Norman）諸族的文獻上即已有所記載。中世紀歐洲曾經實際採用這樣的處刑方式。

貝特漢的解釋正如前文所述，大野狼的肚子裡被塞進石塊，代表的是嘲笑大野狼試圖扮演孕婦角色的僭越之意，所以才被塞進象徵不孕的石塊。

II

紅舞鞋

De røde sko

把夢想賭在舞臺上的
少女的失算

對紅舞鞋一見鍾情的少女，
聽不進大人的話，
成天做白日夢，最終踏上危險的道路。
逃不了的「紅色」誘惑……

＊

選自安徒生童話的故事

好美的鞋啊，卡蓮心想。她來到這家店門口幾次了呢？櫥窗裡的紅舞鞋，怎麼看都看不膩。

紅舞鞋是用高級的漆皮製成，表面磨得閃閃發亮。鞋帶細緻而華麗，兩端還有小小的金色金屬。鞋跟又細又高，感覺有種成熟的大人味。

穿在卡蓮小巧的腳上，會是多麼地合適啊！

但她實在買不起，她根本沒錢可以買鞋。

從小就失去雙親的卡蓮，被有錢的遠親阿姨收養，但她沒辦法要求阿姨買這雙紅舞鞋給她。若是要求買那雙鞋，阿姨一定會一口氣拒絕她：「那種東西太奢侈了。對認真又信仰堅定的女孩來說，是無用的身外之物。」

「看來，小姐相當中意這雙紅舞鞋呢。」鞋店老闆從店裡對她說。

「這雙鞋啊，是一個非常可愛的女孩穿過的舞鞋，但她不久前去世了。對了，她的年紀也跟妳差不多呢。」

卡蓮感到很丟臉，低著頭不發一語。那女孩是個什麼樣的人呢？卡蓮很想問，卻開不了口。

「她很喜歡舞臺，常常跟她媽媽一起去看歌劇或舞臺劇。她自己也很喜歡演戲，好像還有加入某個劇團表演呢。」

「那她為什麼死了呢？」

「為什麼……」鞋店老闆一時語塞，支支吾吾地說：「她生病了，生了很重的病。」

「怎麼樣？要不要試穿看看？我幫妳把鞋子拿來。」

「不用了，沒關係，我……」

「不用客氣啦，只是試穿看看而已嘛。」

說完，鞋店老闆小心翼翼地從櫥窗中拿出那雙紅舞鞋，放在腳凳上。

「好了，妳試穿看看，真的不必客氣。」

卡蓮戰戰兢兢地把腳套進鞋子裡。鞋子的尺寸剛剛好，簡直就像為她量身訂做一般，鞋身就像皮膚般溫柔地包覆著她的腳，穿起來非常舒適。

「怎麼樣，剛剛好吧。」

老闆看起來相當滿意。

「我、我沒有錢……」

「妳不用馬上付錢沒關係，回去再跟妳媽媽商量看看。」

我沒有媽媽……這種話她實在說不出口。

卡蓮從小失去父母，被遠房親戚中一個年邁的富有阿姨收養。阿姨是個非常嚴格的人，還要卡蓮每星期天早上一定要去教會望彌撒。

阿姨總是忙著捐錢給教會或從事義工活動。她是那種對任何事情都有意見的人，經常忙著與婦女會的人聚會，並且嚴厲審視各種不道德或不虔誠的行為。這樣的阿姨，當然不可能理解青春正盛的卡蓮的想法。

她總是讓卡蓮穿著修女般黑色或灰色的衣服，內衣是很樸素的棉質內衣，然後鞋子也清一色是黑的，頭髮從中間分兩邊，整齊地編成三股辮。鼻子隨時都擤得乾乾淨淨，腳上總穿著洗得白淨的襪子，出門時一定不會忘記帶手帕……

放學只要稍微晚一點到家，就會被斥責。阿姨總是在卡蓮耳邊叨唸個不停，讓她感到很厭煩。再怎麼說，她也是個正值青春年華的少女，有時候也會想穿紅色或粉紅色的衣服，或者偶爾跟朋友一起去街上逛逛。

「唉，怎麼會兩夫妻一起走了，留下這麼小的孩子呢？也不想想會給我們帶來多少麻煩。」瑪雅阿姨嘆著氣說。

親戚們徹夜圍坐在桌旁，所有人都穿著一身黑衣，神情憂鬱地面面相覷。

「真是的，姊姊從以前開始就常常給我們添麻煩，連死了以後也給我們留下這個拖油瓶。」魯道夫舅舅抱怨道。喝了酒的他，雙頰有些紅潤。他從遙遠的北岸城市趕過來，明天就得回去工作了。

「我們究竟該怎麼辦才好？要把她送去孤兒院嗎？」

「你說得簡單，但他們一定不肯收留這麼大的孩子啦，因為國家也面臨財政困難啊。況且我們親戚這麼多，他們一定會要我們自己想辦法的。」年紀較長的凱特姑姑說。

「我可沒辦法喔。」艾琳阿姨慌忙接話道，「我家的孩子年紀還小，明年還要參加考試。」

「我家也不行。最近生意不太好，光是要養活自己家裡人都很吃力了。如果他們有留下鉅額遺產也就罷了，但我現在是連這個孩子的餐費都出不起啊。」

「命運真是作弄人，他們夫妻倆不但做生意失敗，還同時意外身亡……」

「我家也不行。我兒子快結婚了，到時候未來媳婦也會搬來一起住。如果要領養這個孩子，我的未來媳婦一定會說她再考慮一下要不要嫁來我們家的。」

「你們一個個怎麼都只顧著自己啊。」上了年紀的烏蘇拉姑姑插嘴道，「你們也稍微替這個孩子想一想好嗎？她年紀還這麼小，又同時失去父母。」

「我有打算做這件善事。」這時，一直沉默不語又不苟言笑的海蓮娜阿姨低聲開口了。

「我一直以來都有在做善事。我的人生宗旨就是不讓別人有機會在我背後說三道四，所以日後我也希望一直保持下去。既然這孩子沒了父母，總得要有個人來收養她，不是嗎？然後把她教育成一個堂堂正正、出類拔萃的大人，我有自信能做到這一點。」

「妳可真是個聖人君子啊。」其中一個人如此嘲諷道。

「當然。我一直以來都走在正確的道路上，未來也希望繼續維持下去。無論如何……」海蓮娜阿姨目不轉睛地盯著卡蓮說，「我不認為那兩個人有好好教育這孩子。他們讓她穿著與年齡不相稱的奢侈服裝，又買不適合兒童的書籍給她看。我打算重新教育這孩子的品性。我會把她教育成端端正正的基督徒給你們看，雖然我不確定像她這個年紀的孩子，還來不來得及重新改造就是了。」

就這樣，卡蓮被阿姨給領養回家了。

「妳怎麼會那樣使用叉子！」

耳邊傳來海蓮娜阿姨嚴厲的斥責。

「還有，妳怎麼這樣喝湯呢？進食的時候不可以發出聲音，而且喝湯的時候，頭不可以低下就著盤子喝。妳應該讓頭保持不動，用湯匙把湯送進嘴裡。」

每次用餐都被這樣指責，讓卡蓮品嘗食物味道的心情消失殆盡。

「妳不能讀那種書。」

有時候，阿姨會在她看書看得正投入時，從旁邊一把將書抽走。

「難道妳母親允許妳閱讀這樣的書？」

「媽媽並沒有限制我讀什麼書，她還說我可以從爸爸的書房拿我喜歡的書去看。」

「這麼骯髒的書……」阿姨像拿到什麼髒東西似地，粗魯地把那本書丟進紙簍裡。

「這可是因為強力批判當今政權而聞名的無產階級作家的書耶，妳怎麼能看這種反動分子寫的書呢！」

「哎呀呀，妳怎麼穿那麼鮮豔的衣服！」

有時候阿姨看到卡蓮對著鏡子試穿洋裝，就會三步併作兩步地衝上前來。

「這會使妳變成品行不良的孩子。像妳這個年紀的少女，只要穿深藍色或黑色就夠了。而且妳也不能穿領子這麼開的衣服，那太不檢點了。」

「可是，這是我媽媽以前很喜歡的洋裝……」

每一件大大小小的事情都受到限制，卡蓮幾乎快喘不過氣來了。她很想回家，可是她已經沒有家了……

卡蓮再次站在那家鞋店門前。她在櫥窗前流連忘返。那雙鞋還擺在昨天的位置上，簡直像在對她說，快把我買下來吧。

她的口袋裡裝著她所有的存款，都是從阿姨給她的零用錢中一點一滴存下來的。她把臉貼在櫥窗上，確認鞋子的價格，但是口袋裡的錢不夠。

卡蓮哭喪著臉，就在這時，鞋店的門突然開了，昨天那個叔叔對她說：「看來妳真的很喜歡這雙鞋啊。」

鞋店老闆看到卡蓮低著頭壓抑情緒的模樣，似乎有些被打動了。

「好吧，我知道了，既然這樣，」老闆究竟想說些什麼呢？卡蓮驚訝地等待老闆開口，

「我就便宜賣給妳吧。八折，就算妳八折。這樣可以了吧？」

卡蓮掏了掏口袋，但立刻沮喪地搖搖頭。

「不行，我買不起，我沒有那麼多錢。」

「那妳到底要多少錢才買得起呢？」

人很和善卻沒什麼耐性的老闆，似乎愈來愈不耐煩了。

「來來來，妳拿出來給我看。」

老闆瞧了一眼卡蓮從口袋中掏出來的零錢。

「一、二、三、四……嗯……」

老闆皺著眉頭思考了一下，最後終於下定決心，「好吧，我知道了。那就這樣吧，妳給我這些錢就夠了。我決定賣給妳，畢竟妳那麼想要這雙鞋。」

「真的嗎？真的可以嗎？叔叔！」

卡蓮高興得快飛上天了。連老闆在用紙包裝鞋子的時候，她也迫不及待地想要拿到鞋子。她向老闆一再道謝後，小心翼翼地抱著老闆交給她的包裹，頭也不回地狂奔回家。

一到家門口，她左顧右盼地迅速走進玄關，深怕被阿姨發現，然後躡手躡腳地爬上樓，躲回自己二樓的房間。

回到房裡以後，卡蓮鬆了一口氣似地鎖上房門，然後急切地撕破包裝紙拿出鞋子。

「鞋子，我心愛的鞋子……」

她心急地穿上鞋子，站到鏡子前面。鞋子非常合腳，簡直就像為她量身定做的。光是穿上這雙紅舞鞋，鏡中帶著微笑的她已經跟昨天截然不同，是全新的卡蓮了。

從那天起，卡蓮便多了一個阿姨不知道的祕密。

「我知道妳是誰。」年輕男孩說。

卡蓮幾乎每天深夜都會從家裡偷溜到這空無一人的公園裡，這裡是她唯一能夠做回真正自己的地方。

坐在居高臨下的公園長椅上，卡蓮眺望著遠處的城市燈火，獨自沉浸在自己漫無邊際的思緒裡，想著去世的雙親、自己的將來、讀過的書……

在這段獨處的時間裡，她遇見了一名似乎也來這裡尋求孤獨的年輕男孩。

「兩、三天前，妳在國立劇院目不轉睛地盯著舞臺看，對吧？妳那時候的眼神閃閃發亮，我想忘也忘不了。」

「嗯，你當時也在那裡？」卡蓮眼睛一亮，「那場表演是我千拜託萬拜託阿姨，她才肯帶我去的。我因為太高興了，所以看得很投入。」

「我那時候就感覺得出來，妳的眼神並不是單純的戲迷而已，一定是想要成為女演員才有那樣的眼神。」

卡蓮害羞地轉頭看向站在長椅後的男孩。

「女演員？那種事情……」她做夢也沒想過。

「我才沒有那種才能，而且我也沒學過演戲。」

「但是妳應該有特殊專長吧？只有妳才會的事情。」

「我會跳一點點舞……」

話才出口，卡蓮立刻感到心虛，因為她根本沒有正式向舞蹈老師學過，只是在家自學罷了。

「跳給我看嘛。」

「不，我不行啦，太丟人了。」卡蓮害羞地笑了，「既然我都告訴你我的事了，那你也稍微跟我說說你的事吧？」

「可以啊，妳想知道什麼？」

「你的夢想，我想知道你的夢想。」

這一回換男孩害羞了。

「作家……更正確地說，應該是劇作家。」

「劇作家？」

「沒錯，比如說像我們那天看的《哈姆雷特》，我想自己在稿紙上創作那樣的故事。」

「好棒的夢想喔，你會寫像《哈姆雷特》或《羅密歐與茱麗葉》那樣的故事嗎？如果能寫出那樣的作品，應該是一件很棒的事吧？」

卡蓮一邊說著，一邊想像自己站在聚光燈投射的舞臺上，就著舞臺燈光演出《羅密歐與茱麗葉》或《莎樂美》的模樣。噢，如果那一刻真的能到來，就算下一秒就死了，也死而無憾！

夜晚的公園很美，月亮若隱若現地從雲層間探出頭來。遙遠的斜坡底下，可以看見城市燈火相互依偎。路燈散發出朦朧的光芒。周圍瀰漫著濃濃的草木香。那是一種活生生的、正在呼吸的香氣。

卡蓮坐在長椅上想事情想得出神。如果可以一直待在這裡不回家該有多好……

這時，遠方傳來的鐘聲敲醒了卡蓮。

「我該回去了。如果阿姨發現我不在，一定會大發雷霆的。」

「妳明天晚上還會來這裡吧？」男孩緊盯著卡蓮問。

卡蓮微微一笑，新的戀情似乎正在萌芽。

從那天起，卡蓮每次在公園與男孩見面，都會互相傾訴彼此的夢想。

「帷幕緩緩升起，聚光燈照亮舞臺。觀眾發出熱烈的歡呼聲，我站在舞臺上微笑。有時候我演的是陷入情網的少女茱麗葉，有時候是傲慢的莎樂美，有時候又是為苦戀而哭泣的奧菲莉亞……隨著觀眾愈來愈熱情的歡呼聲，無數的花束落在我身上……」

「我也會寫出不遜色於妳的劇本。然後我要讓妳在那裡面展現妳過人的舞藝，穿著紅舞鞋一圈又一圈地跳舞。」

卡蓮在男孩面前驕傲地展示她的紅舞鞋，男孩看著少女在微弱的燈光下踏著輕快的舞步，臉上露出微笑。不過……

「唉，無論我再怎麼幻想，終究只是個孤兒，夢想永遠不會有實現的那一天。」

卡蓮一想到這裡就悲從中來。她是個可憐的孤兒，而阿姨是個固執己見、觀念死板的人，從來不曾試圖理解女孩子的心情，只注重面子或信仰，熱衷於婦女會、教會彌撒、社會服務活動或聚會。

而她是那麼地渴望遇見更華麗的世界，那麼地渴望受到大眾關注，讓自己沉浸在聚光燈底下，但阿姨卻總是要她別引人注目，要她學著收斂。為什麼不能引人注目呢？為什麼不能成為女主角呢？為什麼不能成為她想成為的樣子呢？

「每天待在阿姨家，有時候我都覺得自己快窒息了。」

「妳不能這樣說，她是收養妳的人不是嗎？妳應該感激她才對。」

「是啊，但我一點也不幸福。自己一個人反而輕鬆多了。我想要自由，想要活得隨心所欲。」

「等妳成年了，妳就算不想要也會自由的。」

「但是，我現在就想要自由。」

卡蓮語氣篤定地盯著男孩看。她那強烈的語氣讓男孩有些驚恐，最近男孩開始對卡蓮性格中好強、偏激的一面感到愈來愈害怕。

其實大家都一樣。一開始都會喜歡她，但等到真正認識她這個人以後，就會開始想要擺脫她了。就連這麼要好的朋友，到頭來都要離她而去。

但是她無所謂，反正她就是這樣。就算不擇手段也要得到自己想要的東西。

「市井小民的幸福生活對我來說，一點意義也沒有。」

「妳不能輕蔑平凡的人生，不然妳會失去所有一切的。妳必須對上天賜予妳的東西帶著感恩的心。」

卡蓮開始對這個滿口大道理的男孩逐漸感到失望。到頭來，這個男孩也跟其他人一樣，害怕惹事上身，認為維持現狀既輕鬆又安全。

一開始，卡蓮還覺得這個對她坦率表達好感的男孩很可愛，但最近卻愈來愈覺得少了點什麼。

——他一點也不懂得失去父母的孩子有多可憐，他不明白什麼事情都要獨自決定、獨自完成的人生有多痛苦。

卡蓮在還是年幼無知的少女時就失去父親、失去母親，在這個世界上嘗盡隻身一人的辛酸。如今她已經沒有什麼好怕的了。反正人類褪去一身衣裳以後，都只剩下一副皮囊。如今她已經沒什麼可以失去的了。

反正她就只剩自己一個人，反正她生來就什麼也沒有。她想走到她走不動為止，她想盡力拚到再也拚不下去為止……卡蓮在心中暗自決定。

「我得走了。」

卡蓮說完，便準備從床上起身。男人從她身後伸出手臂，圈住她纖細的腰。卡蓮輕巧地躲開，鼻子不經意聞到一股外國菸草的氣味。那是中年男子的氣味、禁忌關係的氣味。不過，她已經逐漸習慣這種氣味了。

後來她又去了多少次那座劇院呢？每次都是同一齣《哈姆雷特》，同一個奧菲莉亞。因為實在去過太多次，櫃檯的人早已記住她的臉。直到有一次她站在大廳，一名中年男子大步朝她走來，開口對她說：

「妳很喜歡舞臺劇吧？我看妳每天都來看戲。」

「呃、嗯……」

卡蓮有些驚慌，不禁低下頭來。

對方是一名身材高䠷的男性，穿著材質高級的長禮服，身上莫名散發著一股卡蓮從未見識過的、華麗世界的氣味。

「妳過來這裡，我讓妳看看後臺是什麼樣子。」

說完，中年男子就帶卡蓮走進後臺。她在那裡看見所有舞臺上令她傾心的演員，並聽見熱烈的掌聲與歡呼聲……

從舞臺側面觀賞演員們的模樣，與從觀眾席上觀賞的模樣有些微妙的不同，在這裡可以很清楚地掌握到演員們的期待、失望、焦慮或嫉妒等最真實的情緒。

或許有人看了後臺以後，反而因為夢想破滅而感到失望，但卡蓮卻不是這樣。她反而覺得，看著一同創造舞臺的人們爭相流下斗大的汗珠，是一件很新鮮的事。

後來一切都進行得很順利。

「這次的演出需要找一名女配角。」一中年男子說。

這個男人自稱雷蒙，負責編寫舞臺劇劇本，偶爾也客串演出。

「妳要不要參加試鏡？就當作試試運氣。」

「我嗎？我不行啦，一定不會通過的。」

卡蓮雖然一度拒絕，但最後還是敗給好奇心。她依約在試鏡當天抵達現場，跟著其他幾名想當演員的女孩一起接受試鏡。

那個角色是一名貧窮的幫傭少女，雖然只會短暫出現在舞臺上，而且只講一兩句臺詞就下場，但因為是有生以來第一次的經驗，所以卡蓮非常緊張。

「妳有哪些經歷？」

在她盡力演出後，試鏡好不容易結束了，沒想到面試官卻連珠炮似地，用機械式的聲音對她拋出問題。

「經、經歷？」

「我沒有任何……經歷。」

而試官迅速在紙上抄寫，一點也不留情面。

「妳能每天來排練嗎？妳住在哪裡？離這裡近嗎？」

「可、可以，我可以來排練。每天。」

卡蓮結結巴巴地答道。她想起阿姨可怕的臉，但她可不能在這時提起那件事。

結果，她竟然合格了。從那一天起，卡蓮拿到一本劇本，在還搞不清楚狀況下，就開始參與舞臺劇的排練。

要趁著阿姨不注意時挪出時間參與排練是一件極端困難的事，但她還是設法做到了。她說她必須參加學校的課後輔導，阿姨聽了以後，雖然眼鏡底下閃現懷疑的眼神，但還是勉強放行了。

「妳是一個很有天分的人，妳身上似乎散發著一種難以言喻的光芒。」

那個叫雷蒙的中年男子這樣告訴她，後來還會三不五時約她一起用餐。在吃飯的時候，卡蓮提起自己的身世。她內心清楚知道，這樣的話題能夠激起對方的同情心。

「所以，我唯一能依靠的人，就只有那位阿姨而已了。我是個無依無靠的孤兒。」

「唉，真是辛苦妳了。」男人同情地嘆了一口氣。

「但我有一個夢想，」卡蓮流露出天真無邪的眼神繼續說道：「總有一天我要成為女演員。我要站在舞臺的聚光燈下，讓所有人的目光焦點都集中在我身上。我是一流的女演員。我在舞臺上落淚，觀眾也跟著我落淚；我一笑，觀眾也跟著我笑。觀眾的眼睛全都專注在我的一舉一動上。」

中年男子靜靜地微笑著。

「夢想成為演員的女孩很多，妳能從那之中脫穎而出嗎？」

「我不知道，但是無論發生什麼事，我絕對不會放棄我的夢想。」

「這次的公演是演哪一齣戲？」

「莎士比亞的《羅密歐與茱麗葉》。」

「那主角就會從年輕演員中挑選囉？」卡蓮眼睛一亮，「我也有機會獲選嗎？我可以懷抱期待嗎？」

「嗯，這個嘛，我會好好考慮的。」

「你就不能多為我爭取一下嗎？你到底是怎麼看我的？」

「沒辦法啊，雖然我是製作人，但整齣戲並不是我一個人的，而是大家一起創造出來的啊。光靠我一個人是成不了事的。」

「你每次的藉口都一樣。你到底把我當成什麼？」

雷蒙露出為難的苦笑走到卡蓮身邊，把手搭在她肩上。

「妳別說那些任性話。妳明明最清楚我有多愛妳，不是嗎？」

雷蒙從卡蓮身後擁住她的身體，然後輕輕把嘴唇湊向她的肩頸。卡蓮不由自主地顫抖了一下，頸項間傳來她相當熟悉的酥麻感。儘管她全身襲來一陣酥軟，但還是拚命抵抗那種感覺。

「我真的要走了。」

「時間明明還早嘛。」

話一說完，雷蒙從後方抱起卡蓮的身體，將她拋在床上，整個人壓在她身上，嘴唇順勢貼上她的。

「不行啦，不行，阿姨會擔心的。」卡蓮在雷蒙的親吻下囈語似地說著。

雷蒙的吻從脖子一路下探至胸口、乳房，然後含住乳頭，接著一寸一寸地從腹部侵略到祕密的草叢間。最後就像以往的每一次一樣，卡蓮終究還是失去了理智……

道具管理人員一左一右抬著桌子或櫃子，忙碌地在一旁來來去去。剛到的演員一進入排練場，便匆匆忙忙地向卡蓮打招呼，「喲！」卡蓮也逐一回答：「嗨，你好啊。」

眾人忙進忙出。卡蓮在排練場的牆壁前佇立了一會兒。牆上貼著這次剛出爐的公演角色分配表。至於像做夢般被選拔為主角的人……不是卡蓮，而是她的勁敵，一個叫西蒙的女孩。

卡蓮知道雷蒙很疼愛西蒙。西蒙楚楚可憐又充滿女人味，任何一個男人見到她都會興起保護欲。無論在哪一方面，卡蓮都無法不把西蒙視為競爭對手。

她認為自己在美貌上絕對不輸給西蒙。不過，卡蓮個性一板一眼又有潔癖，不像西蒙那麼有女人味，也不擅長耍小手段勾引男人。西蒙是那種在男人面前和在女性友人面前，態度截然不同的女孩。

從卡蓮的「女性」眼光來看，西蒙只是個討厭的女人，但她也很清楚地知道，男性的眼光完全不同。西蒙會風情萬種地扭腰擺臀，也會裝出可愛的模樣撒嬌。動不動就祭出眼淚攻勢，用女人最強大的武器打動男人的心，這是卡蓮再怎麼學也模仿不來的。明知道雷蒙的心離她愈來愈遠，她還是只能眼睜睜地看著雷蒙逐漸被西蒙吸引過去。

「放心啦，我下次會給妳更好的角色，這次我也是萬不得已，因為這不是我一個人可以決定的。」

面對卡蓮嚴厲的質問，雷蒙只是如此辯解道。

「我也知道妳更適合演這個角色，但能不能就這一次，讓西蒙擔任女主角呢？因為她比妳早兩年進劇團，卻始終沒得到一個具代表性的角色。」

——我知道你在想什麼。你喜歡西蒙對吧？你已經厭倦我了對吧？

她想如此責備男人。她想靠在男人胸前哭著求他別拋棄她。但好勝的卡蓮做不到這一點。她明明比誰都容易受傷、比誰都渴望愛情，卻無法坦率地表現出自己的軟弱。

這是向來自己消化一切、自己處理一切、自己決定一切的孤獨女人的習性。她們只能咬牙望著拋棄自己的男人的背影，眼睜睜地目送對方離去。即使內心在哭嚎，即使內心已傷痕累累、血流如注。

「我已經無處可去了。」

卡蓮在心中呢喃道。她拋棄了男孩，拋棄了阿姨，內心拋棄了一直以來圍繞在自己周圍的一切，就為了把青春全賭在這上面。為此，她能做的都做了，甚至獻身給自己根本不喜歡的中年男子。然後在不知不覺間，她變成了一個無法從與中年男子的肉體關係中抽身的女人。

就像一般人一樣，她也會嫉妒男人不在自己身旁時的生活。嫉妒那個自己所不知道的、與妻小共度的另一種生活。那種事情與她毫不相關，她的夢想與那些人一點關係也沒有，她只想要在閃閃發亮的聚光燈下成為舞臺上的巨星。她努力地要自己這樣想，但獨自一人打發時間的孤獨感，就和其他所有陷入不倫戀情的少女一樣，切切實實地腐蝕著卡蓮的心。

「你是我的老師喔，什麼事情都要教我，我會按照你說的話去做。這是人家第一次擔綱這麼重要的角色，所以心裡非常不安。我真的能夠成功嗎？」

「放心啦。妳只要盡情發揮妳的青春活力，然後自然地盡力演出就可以了。」

雷蒙溫柔地對西蒙微笑。這一幕正在某家咖啡店裡上演。

「觀眾並不期待妳表現出『匠氣』的演技。」

雷蒙說得極為冷靜。

「他們只希望妳從頭到尾竭盡全力投入這個角色當中。妳只要能夠達到這一點期待就夠了。」

「你說得沒錯，雷蒙。」

西蒙雖然感到不安，卻還是盡力擠出一抹微笑。

「你真的什麼都懂，你是個完美的人。相比之下，我卻……只會抖個不停，完全不知道該如何是好。」

「妳只要維持妳平常的樣子就夠了。妳需要的是平常心。什麼也別想，只管盡情發揮就對了。」

雷蒙靜靜地露出撫慰人心的微笑。

「為了讓妳成功，一切的安排都已經就緒了。不管是配角演員、道具管理人員還是化妝師，全都是妳可以放心依賴的專業人士。這些人聚在一起，為了幫助妳成功，隨時都配合著妳的一舉一動，以便必要時助妳一臂之力。妳就放心地把自己託付給那些人就夠了。」

「請幫我轉告大家，他們真是好人。」

「好了，今天不是說好要愉快地度過這一天，不談工作的嗎？」

「對耶，是這樣沒錯。對不起。」

「要不要換一家店？我們去別家店轉換一下心情吧。」

「好的，雷蒙。」

卡蓮急忙向後縮起身子。從她的位置可以看到那兩個人的身影，但他們應該看不到她才對。雖然她特別選了這個位置，但任何事情還是小心為上。看到那兩人推開店門走出去以後，卡蓮才急忙付清咖啡的錢，匆匆忙忙走出店外。

倒映在窗戶上的自己，神色極為倦怠。她究竟在這種地方做什麼啊？為了暗中打探雷蒙與西蒙的地下情，她早一步離開排練場，偷偷躲在咖啡店裡……對於自己如此卑微的行止，她實在感到無比悲哀。

過去她一向對世事抱持著超然的態度，現在她卻覺得自己好像變成了一個無趣、令人討厭的女人。

褪色的夢想，褪色的青春。卡蓮覺得自己彷彿頓時老了三、四歲。她魂不守舍地走在夕陽下的街道上，一回過神來才發現，自己已經不知不覺走到了當初與男孩相遇的公園。

當時那個稚嫩而澄澈的夢想，如今變成什麼樣了呢？當時那些與男孩無所不談的青春歲月，究竟消失到哪裡去了呢？

那些像丟垃圾一樣被她隨手拋棄的、與男孩共度的歲月。那股稚嫩的熱情，那個稚嫩的夢想……那時候的她究竟有多麼傲慢？多麼盲目啊？

不過事到如今，那微弱的燈光下再也見不著男孩的身影了。

「我們分手吧。」卡蓮冷淡地說，「我沒辦法再跟你見面了。」

「妳對我感到厭倦了吧？妳是不是愛上其他男人了？」

「這一點你就別追究了。總之，我不能再見你了。」

「那妳的夢想呢？妳說想當女演員，由我來為妳寫劇本，然後妳站在舞臺上的聚光燈下。」

「忘記它吧，那只是個幼稚的夢想。現在的我跟當時的我不同了，我已經變了。」

經過與中年男子的交往，卡蓮覺得自己在短時間內成熟許多。相比之下，那個動不動就把根本不可能實現的天真夢想掛在嘴邊的男孩，實在是不經世故又幼稚無知。

當時那男孩表情哀傷、淚水滑過臉頰……但她一心專注在自己的野心上，根本不把這些事情當一回事。對於踐踏他人的心意，她向來不以為意。

她究竟因為這樣失去了多少重要的東西？

她曾是那個在微弱光線下努力踏著舞步的純潔少女。不過事到如今，她再也回不去了。

「我要走到自己走不動為止。」

就算那是一條通往毀滅的道路……在淚水中，卡蓮如此下定決心。

「我不會把那個角色讓給西蒙的，因為那是我的角色。」

卡蓮咬牙切齒地在內心發誓。

「又有人送花來了。」

女性工作人員抱著一堆幾乎快抱不住的花束走進西蒙的休息室。西蒙一邊對著鏡子卸妝，一邊習以為常地說：「幫我放在那裡。」

西蒙的舞臺演出出乎意料地大獲好評。觀眾的掌聲不絕於耳，西蒙只好一而再、再而三地上臺向觀眾致謝。

街頭巷尾的海報上，可以看見西蒙斗大的名字，還有栩栩如生的畫像。大把花束接二連三送到她的休息室，雜誌和報社記者爭相前來採訪。西蒙簡直就是當紅的明星了。

「報紙來了。」

女性工作人員把早報送來西蒙的休息室。

「快給我看，上面寫了什麼？」

西蒙急忙接過報紙，上頭刊載了最新的舞臺劇評論。

「評價似乎很不錯喔。」這時，休息室門打開了，雷蒙大搖大擺地走了進來。

「連我們國家最毒舌的評論家都被妳給迷倒了，三大報社一致誇讚妳的演技呢。」

「在哪裡？快給我看。」

西蒙一把搶過雷蒙手中的報紙，急忙攤開來看。

「演技雖然還有些生澀，但活潑生動的年輕氣息卻令人耳目一新！」

「莎拉・伯恩哈特再世！久違的明日之星，完全壓倒其他資深配角演員！」

「還有還有，有趣的在這裡。稚嫩的魅力迅速讓她成為中年男性的偶像！」

「好了啦，雷蒙。」西蒙用厭倦的語氣打斷雷蒙的話，「我只要當你一個人的偶像就夠了，光你一個中年男人我就應付不來了。」

「好啊妳，所以妳只把我當成那些中年男人的其中之一囉？」雷蒙苦笑道，「好吧，今晚就我們兩人乾杯吧，不過要先徵得妳的戲迷們同意才行。」

「真受不了你，什麼戲迷嘛。」

「記者們也已經在外面等妳了。他們的筆可是很辛辣的，妳可別輕舉妄動，把好不容易得來的成果給毀了。」

「我知道，我才沒那麼不懂事呢。」

西蒙一走出休息室，大批等在門外的記者蜂擁而上。

「這次的演出非常成功，請問您有什麼感想？」

「我想早點回去休息，這就是我現在唯一的想法。」

「請問您想把這份喜悅與誰分享？」

「我今天能夠站在這裡，都要歸功於這個人，是他創造了現在的我。」

西蒙指了指身旁的雷蒙。

「雷蒙先生，這次的成功在您預料中嗎？」

「預料這種事，總是會失準啊。說起來，這次預料失準，實在是我們的幸運。」

說完，雷蒙眨了眨其中一隻眼睛。

相機的閃光燈此起彼落，西蒙面帶微笑地對著鏡頭擺出各種姿勢。她等這一刻等了多久？她幻想過多少次自己站在華麗聚光燈下的畫面？

西蒙完全沉浸在成功的喜悅中。

「多虧有你在，我才能有這樣的結果。」

西蒙倚靠在雷蒙胸前，滿心陶醉地呢喃道。場景從劇院舞臺改到某間旅館的客房。

「妳終於排除萬難走到這一步了。」

「才不是呢，是你創造了我。我只不過是照你說的演出罷了。」

「妳真的這麼想？這次的成功會讓妳不斷地蛻變，總有一天妳會忘了我這個寒酸又過氣的中年男人。妳會成為萬眾矚目的大明星，綻放出絢麗燦爛的花朵，一路走到我再也無法觸及的地方。」

「你在說什麼傻話呀，雷蒙。」

西蒙把身體靠在他胸前。

「你說我會忘了你？但有你才有我啊。如果沒有你，我根本不知道該做什麼才好。我只不過是被你捧在手掌心上，由你操控而已。」

西蒙露出調皮的笑容。

「我覺得今天的我是全世界最幸福的女人，但是現在還差一件事。請你讓我真的成為全世界最幸福的女人吧。這件事只有你做得到！」

西蒙飛撲上床，縱情嬌喘著，展現出前所未見的大膽與奔放。今天的她不是平常的西蒙，而是貪求雷蒙的愛、拋棄羞恥與矜持的西蒙。

雷蒙手忙腳亂地接住她，臉上露出微笑。至目前為止，他已見過多少像她這樣絢麗綻放的花朵呢？如今，西蒙也成為其中之一了。

與此同時，另一個女人則是瘋狂嫉妒著陶醉在成功喜悅中的西蒙，那個人就是卡蓮。

在卡蓮眼中，舞臺上的西蒙充滿前所未有的自信。她看得出來，那個原本並不算特別漂亮的少女，在獲得自信以後，猶如花朵盛開般綻放出耀眼的光芒。

前所未有的華麗讓她全身上下閃閃發光。卡蓮再清楚不過了，那不只是贏得要角的舞臺劇少女的光芒而已，還夾雜了獲得愛情滋潤的女人所散發出的光芒。

聲名大噪的西蒙。被媒體追捧、在絡繹不絕的相機閃光燈下露出絢麗微笑的西蒙。被雷蒙抱在懷中、露出幸福笑靨的西蒙。

這些從頭到尾，都被布幕後的卡蓮看在眼裡。

命運怎麼會在一瞬間就大幅轉向西蒙呢？而卡蓮怎麼就這樣失去了這些大好機會？

「喂，你動作快一點，鼓起你的勇氣。」

卡蓮一臉無情地催促著少年。

後臺堆滿大大小小的道具。稍微移動一下身體，周圍就會揚起灰塵，散發出一股令人皺眉的霉味。那天的練習已經結束，所有人都已收拾回家，在傍晚的後臺，只剩下卡蓮和少年兩人而已。

「我不是說過不會虧待你的嗎？」

「跟那沒關係。」

少年轉過頭，露出意味深長的奸笑。

「我也想要被分配到一個角色。」

「我知道、我知道啊。」

卡蓮心浮氣躁地打斷他。

「我會幫你跟雷蒙說的。不管我說什麼，他都會答應我的。」

「只有那樣還不夠。」

少年的臉色倏地一沉。卡蓮身體一僵，不曉得他要說些什麼。

「你還想要什麼？」卡蓮不耐煩地問。

事到如今，他究竟還想怎樣？

少年沉默片刻，「……我想要妳。」

「我？」

「沒錯，我想要妳。」

卡蓮瞬間露出警戒的表情。

「我沒答應過你這種事吧。」

「我喜歡妳很久了，可是妳卻……」

「住嘴。」卡蓮惱羞成怒。

「你想趁人之危是吧？我們不是早就講好了，我會給你一大筆報酬，並讓你擔任下一次演出的第二男主角。我只有答應你這些而已，這樣你還有什麼不滿足的？」

「這樣還不夠，我可是賭上了我的性命。」

卡蓮知道少年想揭發她的行徑。太骯髒了，竟然在這種時刻……她雖然這樣想，卻無計可施。因為要說骯髒，她現在打算做的事情，才是最骯髒的。此時此刻，即使再多加一件骯髒的行為，也不是什麼值得大驚小怪的事。

「……我知道了。」

卡蓮沉默片刻後，萬般無奈地說道。

「但是，只有這一次。」

「真的嗎？真的可以嗎？」

少年的臉上浮現興奮的神色。

「可是妳之後一定會反悔的，我要妳現在就發誓。」

「我不會反悔。」

卡蓮像下定決心似地，用手臂圈住少年的脖子，然後踮起腳尖。

「不信，我現在就給你一個承諾的吻。」

那個令人心醉神馳的深吻，吻得少年全身酥麻。

「下一次的吻，就是妳兌現承諾的時候了。」

少年樂不可支，靈活地爬上梯子，手中還握著堅固的老虎鉗。卡蓮看著他的背影，有一股想開口阻止他的衝動。

——等等，還是算了吧。

最後她還是拚命按捺住這樣的心情。

——沒關係的，那女人就該遭受到這樣的對待。

卡蓮如此告訴自己。

——誰叫那女人處心積慮地搶走我好不容易到手的東西，我絕不容許這種事情發生。

那是她嘗盡人情冷暖，甚至犧牲自己的身體才得到的東西。她的眼前好不容易才闢出一條康莊大道。

隔天的黃昏時分，觀眾席依舊人滿為患。西蒙在觀眾屏息以待的矚目下登場。她身穿一襲動人的玫瑰色洋裝，雙頰泛出興奮之色。連卡蓮都不由得心想，好美……那是充滿自信的少女光輝。

最後，與西蒙飾演對手戲的青年登場了。就在西蒙對他微笑，準備步向他的時候，意外突然發生了。

現場突然傳出一陣刺耳的破鐘聲，下一秒鐘，只見玻璃碎片散落一地。西蒙頭上的水晶吊燈發出懾人的聲音，朝她筆直墜落而下。玻璃碎片四散在舞臺上，在一聲悽慘的尖叫聲中，西蒙滿身是血地當場倒地。

「不好了！西蒙受傷了！」

觀眾席上掀起一陣大騷動，眾人爭先恐後地衝到西蒙身邊。在東奔西竄的人流之中，唯有卡蓮面色鐵青地佇立在原地，嘴唇顫抖不止。

雖然引起騷動，但表演還是得繼續進行下去。在當天的緊急會議中，劇組立刻決定由卡蓮來代替西蒙上場。自從參與這齣舞臺劇開始，卡蓮就每天私下練習主角的戲分。她可以把臺詞從頭到尾背完，比西蒙更加熟練……

——一切都按照我的計畫進行。

卡蓮暗自竊笑著。

——那個角色是屬於我的，我才不會讓給西蒙那種人呢。

舞臺的排練在緊張的氣氛下進行，誰也沒提起西蒙發生意外的事。明天還是得照常升起簾幕，就像什麼事都沒發生過一樣，沒有任何猶豫的空間。

自從西蒙被選拔為主角的那一天起，卡蓮就瞞著所有人開始背誦這個角色的臺詞，可是誰也不保證她能演出這個角色。不過，她的努力總算獲得回報了。

意外事件告一段落後，雷蒙再度回到她的懷抱，並後悔地對她說：「請原諒我，我只是一時被沖昏了頭，其實我真正愛的人只有妳而已。」

沒錯，那只是一次不值一提的出軌罷了。那種事情她才不放在心上。卡蓮這樣對自己說道。所有事情都跟以前一樣，不管是這個人的愛也好，或是我的未來也罷。

「妳對這次的角色有心理準備了嗎？」

在媒體的閃光燈下，卡蓮露出內斂的笑容，對著麥克風答道：

「我唯一能做的就是盡力演出。為了躺在醫院裡的西蒙，我也會努力的。」

卡蓮試圖演出的，就是一個無論在自顧不暇或無病無痛的時候，都能體貼病床上友人的女孩。

被水晶吊燈的吊軸插進腦袋的西蒙，如今因為大腦損傷而陷入昏迷狀態，現在是最不可掉以輕心的時候。當然，她會不會再度回歸舞臺，根本不是問題。聽見這個消息後，卡蓮暗自竊笑。

——從明天開始就換我站在舞臺上了。看著布幕在我眼前緩緩升起，聚光燈全部打在我一個人身上。

這是她翹首盼望的一刻。為了這一刻的到來，她犧牲了所有一切，自己的青春、自尊、愛情，所有的一切。她走到這一步，就是為了這一刻。不過，她竟然只能用這種方式來爭取。

卡蓮心中閃過一絲苦悶的滋味。一個身無分文的孤兒要獲得榮耀，或許這是唯一的辦法。她只能夠弄髒自己的身體，然後無論如何都不放手。

當天傍晚，卡蓮結束吃重的練習後踏上歸途。走著走著，她不知不覺來到當初與男孩相遇、與男孩分手的公園。

她總是在不經意的情況下來到這座公園，簡直就像是一種強迫症一樣。

——糟糕，我又走來這裡了。

卡蓮立刻想掉頭走人。她不能總是執著於過去，她必須跟過去告別才行，畢竟她得跨出新的第一步。

就在這時，奇怪的事發生了。卡蓮明明想轉身，鞋子卻繼續往前方前進。她想轉向旁邊，鞋子卻直直朝前方前進。

——我的腳、我的腳……

我的腳不聽使喚了。不，應該說紅舞鞋試圖把她帶往某個方向去。

卡蓮嚇得滿臉發青，就這樣被鞋子帶往公園裡，然後繼續往後方的森林前進。

途中，卡蓮拚命想脫掉鞋子，可是鞋子卻牢牢地黏在她的腳上。她用力撕破腳上的襪子，但鞋子還是像生了根一樣緊緊貼住她的腳。

卡蓮一直跳、一直跳。穿過森林，穿過田野，穿過丘陵，沒日沒夜地一直跳。深夜，卡蓮一步一步跳進了空曠的墳場。

卡蓮跳得精疲力盡，想要在布滿青苔的古墓上坐下，但她連停都無法停下來。在束手無策的情況下，她只好繼續往教會的門口跳去，那裡站著身穿白色長袍的天使。天使的翅膀從肩膀垂到地面，表情相當嚴肅，手中還握著一大把閃閃發光的寶劍。

「妳就穿著這雙紅舞鞋，跳到天涯海角，跳到天荒地老吧！」天使吼道。

「跳到妳全身發紫、手腳冰冷為止！跳到妳的肌膚像骸骨一樣醜陋、乾枯為止！妳最好跳遍家家戶戶，去敲每一戶有像妳一樣高傲虛榮的少女的家門！讓那些少女得知妳來了以後，都嚇得失魂落魄！來吧，快跳！就這樣繼續跳！」

「不，我敬愛的天使！我求求祢了！」卡蓮痛苦地嘶吼著。

「請祢救救我！請祢救救我吧！」

「現在後悔也來不及了。妳的傲慢無知讓妳犯下了多麼惡劣的罪行，妳那冷酷的心令其他人多麼痛苦不堪，我要妳一邊跳一邊好好反省！」

紅舞鞋帶著卡蓮穿過木門，來到田野，越過道路或田埂。不管前方是否有荊棘或石塊，紅舞鞋依舊帶著卡蓮跳遍每一個角落。她的手腳被割得鮮血直流，但鞋子並未就此放過她。

卡蓮跳著跳著，不知從何時開始，眼前不斷出現各種幻影又消失。在某間寢室裡，一名老太太臥病在床。仔細看那面熟的臉孔，竟然是收養卡蓮的海蓮娜阿姨。

「卡蓮、卡蓮，妳在哪裡？」

病危的阿姨躺在床上，痛苦地呻吟著。

「我終於把妳養育成一個堂堂正正、出類拔萃的大女孩了。一想到我死了以後留下妳一個人，阿姨就感到很遺憾。」

當卡蓮正一心投入舞臺劇表演時，阿姨因為嚴重的胃痙攣被送進醫院。

阿姨瀕死之際講的那些話，刺痛了卡蓮的心。她以前一直違抗阿姨，但如今阿姨的那番話，反而深深地滲進她心裡。

——阿姨說得沒錯，我是個壞孩子。我現在終於認清這個事實了。

為了追求自己的成功，她從未顧及他人的死活。多麼可怕的利己主義啊。阿姨說得沒有錯，從很久以前開始，我的身體裡就種下了邪惡的種子，所以我才不知道自己究竟犯下多嚴重的錯誤，那邪惡的種子。

卡蓮跳著跳著，眼前又出現另一個幻影。那個記憶中的男孩，躲在自己的房間裡，絕望透頂地把稿紙撕個粉碎。

「又落選了……」

男孩眼角泛著淚嘟噥道。

「我不行了。我是個沒有才能的人。」

男孩與卡蓮分手後，生活過得相當坎坷。他多次將自己寫的劇本寄到雜誌社，卻一而再、再而三地落選。除此之外，他在工作的印刷公司也跟上司起了口角，最後被趕了出來。失去愛人、失去工作、距離理想愈來愈遠……在現實的打擊下，男孩絕望至極地一心想要尋死。

「死了算了。像我這種沒用的人，還是死了算了。」

男孩低喃著打開安眠藥的瓶蓋，眼看就要把藥送進嘴裡。

「不行，你不能死。你不能這樣就絕望啊。你還有大好的未來在等你……」

就在卡蓮一邊跳舞一邊大叫之際，她突然清醒過來。這些是幻影，不是現實……不知不覺之間，幻影消失了，換另一個幻影出現在卡蓮眼前。

西蒙正躺在病房裡受折磨。在昏迷狀態中的她，不斷喃喃囈語。

「我得走了、我得走了……我的舞臺！」

她的母親與雷蒙陪伴在旁邊，雙雙哀痛的說著：

「振作起來啊！算我求求妳了，妳快好起來吧！」

「妳什麼也別擔心！只要想著活下來就好。加油，西蒙！」

每個人都流下絕望的淚水，跪在地上拚命向神祈禱。漆黑的死亡氣息籠罩室內，眾人悲痛的哭泣聲不絕於耳。都是她的錯。這一切都是她的錯……

「原諒我，求求你們原諒我！」

卡蓮奮力嘶吼著，聲音卻無法傳到跪地祈禱的人們耳裡。

卡蓮穿過森林，穿過墳場，最後來到市區的大街上。此時，一對男女站在某間店裡，目瞪口呆地看著卡蓮跳著瘋狂的舞步經過店門前。

他們是誰呢？就是把紅舞鞋賣給卡蓮的鞋店老闆與老闆娘。

「我早就跟你說過了不是嗎？」

老闆娘轉身看向老闆，露出困擾的表情。
「我明明就千叮嚀萬交代，要你千萬別賣那雙鞋。」
「但是，那個女孩看起來真的很想要那雙鞋啊，所以我一忍不住就……」
「那雙鞋果然受到詛咒了，詛咒。」
「真的嗎？好像是這樣吧。」
兩人互看對方一眼，再次被恐懼感侵襲。
事實上，穿過那雙鞋子的女孩，在十三歲時就不敵病魔去世了。不過，她直到最後都無法放棄站上舞臺的夢想，據說她躺在醫院的時候，也一直念著關於舞臺的事。
「我的茱麗葉、茱麗葉啊！」
女孩原本應該穿著那雙紅舞鞋飾演茱麗葉的，不過那個夢想永遠都不會實現了，因為她罹患了不治之症。女孩一邊口吐鮮血，一邊在病床上死命掙扎。
「我要去，我要上臺表演。我不能躺在這裡。」
她的母親拚命阻止她。
「妳以為妳的身體受得了嗎？醫生已經叫妳要安靜休養了。拜託妳體諒一下我們的用心良苦吧。妳現在最需要的就是好好休養，如果不早一點治好的話……」

「我知道，我知道我的病已經治不好了。拜託，讓我去吧，媽媽。要是錯過這次機會，我就再也不可能演出這樣的角色了。」

女孩上氣不接下氣地說著，奮力想從床上起身。她的母親在旁邊拚命阻止。這樣的場面不知道已經重複過多少次了。

結果女孩還沒實現她成為茱麗葉的夢想就去世了。她的母親對她的死感到傷心欲絕，每次想到女兒就心如刀割，便把紅舞鞋賣給鞋店。

「那女孩的執念真是可怕啊。」

「她恐怕無論如何都無法放棄站上舞臺的夢想吧。」

鞋店老闆與老闆娘望著卡蓮跳個不停的背影，互相點了點頭說道。

安徒生與〈紅舞鞋〉

在格林童話問世二十多年後的一八三五年，安徒生童話才初次刊行。相較於格林童話是從民間故事蒐集而來，安徒生童話中的大部分內容，都是安徒生的親筆創作。

事實上，身為同時代的童話作家，格林兄弟與安徒生直到一八四四年才初次見面。當時是安徒生前往柏林拜訪格林兄弟。那時候的安徒生已經是歐洲地區遠近馳名的童話作家了。但令人意外的是，雅各布．格林（Jacob Grimm）根本不知道安徒生是何許人。

不過，雖然稍微晚了一點，在雅各布．格林後來讀過安徒生的童話以後，換他親自前往哥本哈根拜訪安徒生，並且慚愧地表示：「我現在非常清楚您是何方神聖了。」從此以後，他們兩兄弟就與安徒生愈來愈親近，並時常互相交流。

然而，說到〈紅舞鞋〉，應該有人會聯想到日本很有名的童謠《紅鞋子》，或是莫伊拉．希勒（Moira Shearer）主演的經典電影《紅菱豔》（The Red Shoes）吧。

無庸置疑，電影《紅菱豔》的靈感就是取自於安徒生的這篇童話。電影中的主角是夢想成為首席芭蕾舞演員的少女，而本篇的主角則設定為夢想成為舞臺劇女主角的戲劇少女。

根據日本精神科醫師森省二的論述，這篇〈紅舞鞋〉（一八四五年）是安徒生在決定一輩子過單身生活後，於四十歲時完成的作品。當時，他正要從對人生的嚴苛與孤獨喘不過氣來的世界，轉移到從命運中解脫出來的世界，因此他以極盡冷酷的方式對人類的物欲或性欲等本能提出嚴厲的批判。

除此之外，另一個有趣的事實是，安徒生的爺爺和爸爸都是鞋匠。安徒生自己在書寫小時候的回憶時也表示，他在十四歲的堅信禮時，收到有生以來第一雙手工長靴，當時他得意到「把長褲的褲管塞進長靴裡，以便讓大家都看見自己穿著長靴」，還有「即使走進教會裡，腦海中還是會一直浮現長靴摩擦出聲或襯衫領飾的樣子，根本無法專心禱告。」可以想見安徒生在撰寫童話〈紅舞鞋〉時，腦海中一定浮現了不少少年時代的情景吧。

原著大綱

〈紅舞鞋〉的原著大綱如下：

主角卡蓮是貧窮人家的孩子，她從認識的鞋店老奶奶那裡得到一雙用二手衣碎布做的紅鞋子。在母親的喪禮上，卡蓮穿著那雙紅鞋子跟在母親的棺材後方。當時一名有錢的老婦人收養無父無母的卡蓮為養女。

有一天，當地來了一個小公主。卡蓮一眼就愛上了小公主腳上穿的那雙摩洛哥皮做的紅鞋子。到了十四歲接受堅信禮的時候，她在鎮上鞋店的櫥窗裡發現一雙跟公主穿的一模一樣的鞋子，便把它買了下來。老婦人因為視力嚴重衰退，所以並沒有注意到那是一雙紅鞋子。

由於卡蓮穿著紅鞋子出席堅信禮，因此所有人都盯著她的腳看，她自己在做禮拜的時候，也一心想著自己的紅鞋子。雖然卡蓮早已被告知去教會參加聖餐禮時，應該穿黑色舊皮鞋，但她還是穿著紅鞋子前往教會。

教會的入口處站著一名滿臉鬍鬚、拄著枴杖的老兵。老兵說：「妳的舞鞋可真漂亮啊！跳舞的時候妳可要好好穿著它喲！」接著敲了敲卡蓮的鞋子。

在做禮拜的過程中，卡蓮也一心想著自己的紅舞鞋，忘記要唱讚美歌，也忘記要開口禱告了。離開教會的時候，那名老兵再次說：「多美麗的舞鞋啊！」這時，卡蓮的鞋子自動開始跳起舞來，直到車夫從後面追上才把她抓住。上了馬車以後，鞋子還是繼續跳舞，還不小心踢了老婦人的腿一腳，最後在大家的通力合作下，好不容易才把鞋子脫下來。

老婦人把那雙紅舞鞋收進櫥櫃裡。老婦人後來罹患重病臥床不起，但卡蓮收到舞會的邀約後，便丟下病情不樂觀的老婦人，穿著紅舞鞋去參加舞會了。

結果不知從何時開始，紅舞鞋牢牢地黏在卡蓮腳上，怎麼脫都脫不掉，無論晴天或雨天，無論白天或晚上，她只能夠不斷地跳著穿過田野和草原。

卡蓮跳著穿過墳場後，來到教會的門口，她看見一位手持巨劍、面色嚴肅的天使站在那裡，說：「妳得跳到天荒地老，跳到妳的皮膚都像骸骨一樣乾枯萎縮為止。妳得跳遍家家戶戶，讓那些像妳一樣高傲虛榮的孩子看看妳的樣子！」

某天早上，卡蓮跳著經過自家門前，聽見屋內傳來讚美歌，還有人抬出用花朵裝飾的棺材。年邁的老婦人過世了。得知自己被眾人拋棄、詛咒後，卡蓮來到了劊子手的家門前，請求對方幫她連同紅舞鞋一起砍掉雙腳。劊子手砍掉卡蓮的雙腳，並用木頭做了義肢和枴杖給她。

後來，卡蓮為了讓大家知道她已經洗心革面，便前往教會，但她一來到門口，就發現那雙紅舞鞋正在她眼前跳舞。她嚇得掉頭回去，但她煩惱了一段時間以後，還是決定去找牧師，拜託他讓她留下來做幫傭。

之後卡蓮非常努力地工作，不僅一毛錢也不收，還很虔誠地聆聽牧師講經。牧師一家前往教會時，卡蓮也壓抑著想要同行的心情，獨自躲在房間裡拚命向神祈禱。

就在這個時候，眼前突然變得一片光亮，上次遇到的天使再度出現了，這一回祂手裡拿著的是開滿玫瑰花的綠色枝莖。在天使的法力下，卡蓮不知何時來到了教會，與牧師一家人坐在一起。

當時卡蓮的心中滿溢著陽光、平和與喜悅，直到最後漲裂開來。然後卡蓮的靈魂便在神的召喚下，乘著陽光而去。

關於紅舞鞋

森省二在其著作《安徒生童話的深層》中解析道，鞋子象徵著女性的陰道，腳則象徵男性的陰莖。此外，紅色是代表熱情或激情的顏色，因此「紅舞鞋」是敗給性欲的少女，以及上天對此所下的懲罰……若要進一步分析，這篇故事很明顯是在探討嚴肅的主題。

森省二拿「卡蓮」與「賣火柴的小女孩」進行比較，兩者雖然都是可憐的女孩，但賣火柴的小女孩給人強烈的純真無邪、堅強勇敢的印象；相對於此，卡蓮則不免給人一種順從本能欲望、符合人類本性，以至於自作自受的印象。

在母親的葬禮當天，卡蓮第一次穿上紅舞鞋，而根據森省二的分析，「母親的死亡」意味著女兒失去保護自己的同性家長，必須開始以女性身分自立自強的事態，這樣的場面也暗示著卡蓮必須開始面對青春期的到來、性別意識的覺醒，以及男女性愛的問題。

變成孤兒的卡蓮被一名富有的老婦人收養，那雙紅布鞋被老婦人親手丟棄。不過，或許是因為生活條件變好後，可以穿更多漂亮的衣服，所以在眾人你一言、我一語的「好可愛的女孩子」或「妳真的好漂亮」等讚美下，卡蓮逐漸產生了青春期少女特有的、想要打扮自己的欲望。

後來，卡蓮看到造訪當地的公主穿的紅鞋子以後，過去一度壓抑在心底的對紅鞋子的執著，又再度被喚醒了。然後她明知這樣不好，卻還是欺騙視力不佳的養母買下紅鞋子，甚至穿到教會去。

金成陽一在著作《誰解放了「小紅帽」？》中提到童話中所謂的「禁止的魔力」，也就是任何事情愈是遭到強烈禁止，愈是讓人無論如何都想打破這樣的規定。

舉例而言，小紅帽明明被媽媽交代不能隨便亂跑，但她卻敵不過誘惑，最後被大野狼吞掉；在〈藍鬍子〉的故事中，藍鬍子的妻子雖然被丈夫明言禁止，但她還是打開了黃金鑰匙的房間，發現裡面吊著一堆屍體，這也是因為敗給「禁止的魔力」的緣故。

根據金成陽一的論述，「禁止的魔力」其實就是「完全相反的命令」，對於人類而言，所有「不能做的事」恐怕都是最具吸引力的事。

森省二也在《安徒生童話的深層》中提到，對卡蓮這種青春期的少女而言，來自他人的禁止一點效果也沒有，通常愈是受到禁止，好奇心反而愈強烈，打破規矩是常有的事，例如打開不能打開的門、前往不能前往的森林、偷看不能偷看的房間等，利用這些情節來推動故事的發展，是童話中常見的模式。

老兵

一名站在教會前的老兵，看著卡蓮的紅鞋子，說出暗示性的話語，「跳舞的時候妳可要好好穿著它喲！」森省二認為，「士兵」是以戰場男性形象做為男性化的象徵，而這名老兵則隱含著父親管教女兒的意味，提醒女兒不該無視養母的忠告，只憑少女的欲望採取行動。

根據森省二的分析，老兵對於故事後半段的發展扮演著重要的角色，他對不聽養母忠告、只憑欲望行動的卡蓮提出暗示性的警告，但卡蓮並不理解他的意思，後來才會受到懲罰，在雙腳不受控制的狀況下被迫持續跳舞。

舞會

遭到養母斥責後，紅鞋子雖然一度被收進櫥櫃裡，但卡蓮最後還是不敵內心的欲望，從櫥櫃中拿出紅鞋子，丟下重病的養母不管，跑去參加舞會。

根據森省二的解析，「紅鞋子」具有「性」的含意；同樣地，「舞會」則是男女接觸的社交場合，代表光鮮亮麗地接觸異性之意；至於在卡蓮開始跳舞後，紅舞鞋擅自穿過大街，一步一步往森林裡前進的部分，這裡的「森林」象徵著深層的潛意識世界，而卡蓮正一步一步邁向混沌不明的性的世界。

森省二認為卡蓮穿著紅舞鞋去參加舞會，代表的正是青春期少女在戀人的誘惑下離開家裡的意思。

劊子手

遭到天使詛咒的卡蓮日以繼夜地跳，晴天也跳，雨天也跳，跳過田野，越過草原，最後來到劊子手家時，全身已被荊棘刺得鮮血淋漓。根據森省二的論述，卡蓮拜託劊子手「連同紅舞鞋一起砍掉雙腿」，是在請求劊子手幫她斬斷令她束手無策的性欲望。

卡蓮的雙腿被砍斷以後，得到了木頭義肢與枴杖。斬斷了欲望的根源後，卡蓮為了讓大家看見改頭換面的自己而前往教會，卻在抵達教會門口時，看見被砍斷的紅舞鞋還在跳舞，便嚇得折返了。

按照森省二的分析，這個部分有兩種涵義，一是卡蓮看到不受控地自行跳舞的紅舞鞋，就好像看到從前缺乏理性的自己一樣，內心湧起一股後悔的情緒；另一種涵義則是她沒辦法輕易切割掉紅舞鞋，即使她的腳連同紅舞鞋一起被斬斷了，還是會以她的分身殘存下來，也代表她無法徹底從欲望中解脫之意。

III

孩子們的
屠殺遊戲

Wie Kinder
Schlachtens miteinander gespielt haben

孤獨少年們的迷宮

少年們的「遊戲」
始於一場小小的惡作劇。
假如殘酷的種子
在天真無邪的孩子心中萌芽……

*

選自格林童話的故事

直到現在法蘭茲對於當時的情景依然歷歷在目。他被傳喚到家事法院的法庭，法官問他要選父親或母親做為他的親權人（監護權）。

「我選擇爸爸。」法蘭茲冷漠地答道。

「我以為你是愛媽媽的。」母親的聲音迴盪在法庭上，「你是我的孩子，我絕對不會放手的，你要跟我一起生活才行！」

「你決定怎麼做？」法官公事公辦地再度確認道。

「我選擇爸爸。我要和爸爸一起生活。」

裁判就這樣結束了。法蘭茲刻意不看媽媽的臉，逕自離開法庭。為什麼要選爸爸呢？他這樣問自己。他愛爸爸嗎？那個粗鄙庸俗的爸爸？不，不是這樣的。他一點也不愛爸爸。如果要說愛的話……

那他不愛媽媽嗎？他恨媽媽嗎？也許是這樣吧，法蘭茲心想。他絕對忘不了當時的背叛，忘不了把男人看得比他還重要的媽媽。那個時候的媽媽美得不可思議，那是戀愛中的女人的眼神。

法蘭茲可能永遠也忘不了媽媽被男人壓在肉體底下嬌喘的模樣。那件事發生在他念中學的時候，他像平常一樣從學校放學回家，把書包放進房間裡，然後打開寢室的門，想跟媽媽說他回來了，沒想到……

媽媽和那男人似乎都沒注意到他回來了。那畫面簡直就像默劇一樣，床上有像山丘一樣隆起之處，有像低谷一樣凹陷之處，而糾纏在棉被底下的男女肉體，默默保持著規律的動作。此時，唯有兩人口中發出的激烈喘息聲，隱約地震盪著周圍的空氣。

媽媽的眼眸倏地望向這裡，但她的焦點並不在他身上。媽媽的目光穿過他的身體，望向某個更遠、更遠，說不定根本不存在這個世界上的地方。

從那時起，法蘭茲就對媽媽恨之入骨。

爸爸工作繁忙，經常不在家，所以法蘭茲和媽媽共同把這個家營造成一個獨特的世界。熱愛音樂、繪畫和文字的媽媽是個涵養豐富的人，她會親自翻譯外國的童話，再一字一句讀給法蘭茲聽。

每天放學回家時，媽媽總是會親自烤好餅乾，迎接法蘭茲回來。然後她會放莫札特的音樂，在插著鮮花的桌前一邊喝茶，一邊問法蘭茲當天發生的事，法蘭茲則一一回答媽媽的問題。

對於這種女孩子般的生活，法蘭茲唯唯諾諾地遵從著。這是他與媽媽兩人獨處的寶貴時光……這種事情如果被同學知道，或許會惹來一番訕笑，但法蘭茲一點也不感到奇怪。

例如，關於讀過的書或看過的戲劇，他的喜好和媽媽的喜好有些許不同，但聽媽媽發表辛辣的評論，反而是件很有意思的事。媽媽和其他同學的媽媽不一樣，她不像平凡的主婦那樣容易被主婦常有的偏見給荼毒，反倒像個文藝少女一般，至今仍然保持著大膽而自由的想法。

比起和年紀相近的女孩說話，法蘭茲更喜歡與媽媽聊天。媽媽的頭腦聰明多了，想法也很有個性，他始終覺得媽媽是個通情達理的人。

「全世界我最喜歡媽媽了。」

這句話是法蘭茲的口頭禪。

「以後我要跟像媽媽一樣的人結婚。」

每次法蘭茲這樣講，媽媽就會露出滿足的笑容。不過，法蘭茲逐漸發現，媽媽之所以如此溺愛自己，只不過是為了填補爸爸不在她身旁的空虛感而已。

法蘭茲永遠也忘不了那一幕。某天他回到家，發現餐桌上反常地擺著一堆美味佳餚。在一盤盤特別的日子才使用的高級金邊瓷盤上，盛著雞肉凍或用白肉魚做的鹹派，每一道都是精心製作的料理。餐桌上墊著一塊純白的亞麻桌巾，燭臺火光熠熠，旁邊花瓶裡還插著新鮮的花朵。

「哇，媽媽，今天是什麼紀念日嗎？」

媽媽只是笑而不答。仔細一看，媽媽難得悉心化了妝，還穿著以前從沒看過的新洋裝。盛裝打扮的她非常美麗。況且，不管是什麼紀念日，對年幼的少年來說，所有慶典都是令人開心的。

「因為爸爸要回來了呀。」

媽媽露出雀躍中帶點害羞的微笑，兩人滿心期待地等著。然而，總覺得好像有什麼事情會發生。爸爸幾乎都不在家，偶爾在家的時候，也一定會與媽媽吵得面紅耳赤，這些法蘭茲都看在眼裡。

不過，今天應該會有什麼改變才對。不，一定要改變才行。能夠讓媽媽幸福的人，絕對只有爸爸一人而已……

然而……時鐘從八點、九點，一直到十二點，爸爸都還沒回來。原本滿心期待的媽媽，表情愈來愈僵硬，整個人坐立難安。平常那個被嫉妒與焦躁侵襲的恐怖表情，再度浮現在媽媽臉上。

「爸爸好慢喔，他今天又不回來了嗎？」

「不知道耶，再等一下吧。他應該就快回來了。」

這句話好像不是在說給法蘭茲聽，而是在說給她自己聽的。就在這時，電話鈴聲突然響起，劃破四周的寂靜。從媽媽的表情和語氣就知道，電話是爸爸打來的。兩人激烈地爭吵，媽媽哭著對話筒說了一些話。

「結束了，一切都結束了。」

法蘭茲唯一記得的，就是媽媽不斷重複的這句話。

穿著半透明薄紗洋裝的媽媽回到房間。只見她背倚著牆壁，失魂落魄地佇立在原地，感覺似乎在啜泣，卻拚命忍住不發出聲音。

「結束了？什麼東西結束了啊，媽媽？」

法蘭茲想問卻問不出口。因為答案實在太明顯了，不用問也知道，媽媽把今天當成了一場賭注。她對今天懷抱著某種期待，把這視為一個轉捩點。賭的大概是爸爸的愛吧。然而，她的賭注卻落空了……

從那天起，媽媽就變了一個人。經常不吭一聲地陷入呆滯狀態，眼睛不曉得在看哪裡。法蘭茲突然覺得自己和媽媽是被棄置在世界邊緣的人。

媽媽心中究竟發生了什麼事，不，應該說，爸爸和媽媽之間究竟發生了什麼事，他很想知道，但也很害怕知道。

然後，就發生了那件事。法蘭茲知道，媽媽已經朝著那個他無法參與的世界，跨出了一大步。

「簡言之，令公子是個有危險思想的人。」

老師似乎被法蘭茲爸爸身上某種不可言喻的氣勢給懾服了。那是唯有親自在商場上打滾過，靠自己一手在社會上爭取榮耀與財富的男人，才能自然而然培養出來的自信。

看在領死薪水的老師眼裡，那股自信無比炫目，當中雖然帶有某種世俗的味道，但無法否認的，那也是一種男子氣概的表徵。

「他的想法很偏激，還會煽動班上的同學。現在全班同學都被他的思想給影響了。要說他是哪種類型，應該就是危險的人才吧。」

「您說他哪裡危險？」

「比方說，他會提出思想家盧梭的思想，質疑學問對人類有益還是有害，藉此來抵制老師的授課。」

「抵制授課？」

「聽說其他同學也趁機群起鼓譟，害得老師整整一小時無法上課。」

「竟然有人說學問對人類有害，還挺有意思的嘛。」

老師故作鎮定地咳了兩聲。如果監護人也站在學生那一邊，事情可就難辦了。

「他說的或許也沒錯啊。我這個人雖然沒多大學問，但我在社會上打滾這麼久，從來沒有因為這一點而有任何不便之處。」

「那是因為您是成功人士啊。」

老師再度清了清喉嚨。

「雖然您沒接受過正規的教育，但您是個懂得處事道理的人，這恐怕是因為您有豐富的人生經驗，嘗過各種辛酸苦楚，才培養出來的吧。不過，像他這種人生經驗還淺的孩子，實在不適合說出這樣的話呀。」

「那您認為我兒子應該重視什麼呢？」

「本能，他應該重視人類與生俱來的本能，並且忠實地順應它。」

「這樣啊，所以您的意思是要他成為野獸囉？」

「我的意思是要他回歸自然，這也是盧梭的思想。他主張學校的課業是無益的，真正的學問並不在那裡。」

「我今天去了你學校一趟。」

爸爸一打開門走進玄關，就對上前迎接的法蘭茲說道，正眼也不看他一眼。由於爸爸正低著頭鬆綁鞋帶，因此法蘭茲完全不曉得爸爸是什麼表情，這使他不禁有種想逃離此時此刻的衝動，但還是按捺不動地站在玄關處。

「聽說你抵制老師的課？學校因為這件事找我過去。」

「因為那堂課很沒意思，」法蘭茲欲罷不能地說：「而且那個老師莫名地惹人厭。不只我這樣覺得，其他同學也……」

「聽說你數學考試還交了白卷？」

爸爸繼續追問，不打算聽他辯解。

「因為我沒念書啊。我前一天生病了，連那天要考試都不知道。」

「不許頂嘴。你知道我花了多少錢讓你上學嗎？學費可不便宜耶，這一切還不都是為了讓你將來成為連柯企業繼承人，才投資的必要經費。」

聽見爸爸一如往常、簡單明瞭的論述，法蘭茲有種胸口被掏空的感覺。

「為了讓我成為繼承人，才投資的必要經費？」

「我絕不容許你隨便浪費這些錢。用功讀書是你的義務，你必須努力念書，有好成績才行。你可不能讓我白白花錢在你身上。」

爸爸大步走進法蘭茲的房間，環視周遭的書架。

「你喜歡看這種書？」爸爸用銳利的眼光找到盧梭的《一個孤獨漫步者的遐想》說：「像這樣的書，只不過是沒用的垃圾。」隨即從書架上取下那本書，當場撕得粉碎。

「那種東西又不能當飯吃，那只是病人、瘋子的胡言亂語。」

「瘋子的胡言亂語。」

法蘭茲重複說道。

「那爸爸說的那些就不是瘋子的胡言亂語嗎？」法蘭茲冷漠地問，「毫無人情味的機械式價值觀、毫不猶豫就把弱者踐踏在腳底下的競爭社會，汲汲營營地忘卻最真實的情感，人類不就是在這樣的過程中變成野獸的嗎？」

他知道爸爸併購了生意夥伴的公司，把弱者踐踏在腳底下，如今才能夠闖出這番事業。那就是贏家的生存之道嗎？

「野獸？你說野獸啊，很好啊。如果真的能夠變身成野獸，我反而輕鬆多了。不過，我現在沒空跟你辯論這些。」

爸爸不以為然地說。

「答應我你明天開始就會調整心態。老師說你要是再反抗下去，他就要下達停學處分了。我可不希望你傳出醜聞。如果你想繼承家業，就應該極力避免醜聞出現。我也不允許你被留級。」

「我的未來我自己決定。」

「不要以為你的未來是你自己一個人的。」

爸爸看著法蘭茲的臉說。

「我可不允許你一手毀掉我辛辛苦苦才建立起來的連柯企業。你得成為我的左右手，幫我一起經營連柯企業才行。為了連柯企業的利益，你必須獻出你的人生。」

「我不要。」法蘭茲拒絕道，「我不想成為你實踐野心的棋子。我有我自己想做的事。」

「你想做的事？我不允許你說出那種孩子氣的胡言亂語。你才沒有選擇的自由，因為你的未來早就已經決定好了。」

「就是因為這樣，媽媽才會離開的。」

「你說什麼？」

「你總是毫不猶豫地踐踏別人的情感或人格，所以媽媽才會逃離爸爸身邊。說來說去，你真的有把媽媽當成女人或人去愛嗎？你真的有把媽媽視為一個女人嗎？」

「誰准你這麼說話的！」

爸爸用力甩了他一個耳光。

「那女人狠心丟下你不管，完全忘記身為母親的義務。她選擇了男人而不是懷胎十月生下來的孩子。像她那樣才是發情的動物。」

「我知道，我知道媽媽拋棄了我，不過我自己也拋棄了媽媽。」

還有爸爸，法蘭茲在心中低喃道。

「我全都不要了，那樣肯定輕鬆多了。這次要我拋棄書本嗎？好啊，丟掉吧，就按照你的期望去做，反正我已經什麼也沒有了，我只要算算帳、想想如何擊垮對手、成天擔心股票上市櫃的事，這樣的人生或許也不賴。感情那種事，沒有反而輕鬆，那種東西太恐怖了，只會給人添麻煩。」

當轉學生走進教室時，瞬間引起騷動，班上同學不約而同轉頭看向法蘭茲。此時法蘭茲的心情也很奇妙，因為轉學生的臉竟然長得與他一模一樣。

轉學生名叫雅各。長相雖然跟法蘭茲一模一樣，身高卻比他矮上幾公分。五官也是，法蘭茲的臉部線條剛硬，整體看來比較男性化，相較之下，雅各的輪廓線比較細緻，隱約有種女性化的感覺，但其餘部分卻相似得不可思議。

「你們兩個是不是兄弟啊？」

班上一個同學揶揄道。

「你們其實是同一對父母生出來的吧？你們知道耶里希．凱斯特納的《兩個小洛蒂》嗎？一對雙胞胎，分別在不同的家庭長大，然後彼此都不知道自己有姊妹，結果她們某次放暑假時，在避暑盛地偶然相遇了。」

「說什麼蠢話。」法蘭茲不屑地笑了笑，「我才沒有那種兄弟。」

「但是你們真的很像啊。」另一個人附和道。

「你不覺得嗎？」一個同學示意法蘭茲看一眼雅各倒映在窗戶上的臉。

「我自己看不出來啦。」

「你之前讀哪所學校啊？」又一個人問雅各。

「隔壁鎮的。」雅各簡短地答道，「我媽媽過世後，住在這個鎮上的外婆收養了我。」

「什麼嘛，原來你是孤兒啊。」一個同學輕蔑地說。

「法蘭茲可是有錢人家的大少爺呢。」

「別說了。」

「他的爸爸可了不起了。你爸爸是做什麼的？」

「我爸死了，在我小的時候。」

雅各的聲音愈來愈小，幾乎快聽不見了。

「我是媽媽養大的。」

「哈哈，媽媽長、媽媽短的，你有戀母情結嗎？所以你才這麼軟弱吧！」

「我才沒有戀母情結。」

「少說謊了。你看，你這不就快哭出來了嗎？你還忘不了你死去的媽媽吧。」

「才沒那回事，我才沒有哭。」

看著少年嘴硬地辯駁，眼眶裡卻充滿淚水，法蘭茲感到相當不可置信。因為他覺得能夠毫不遮掩地在他人面前哭泣，是一件非常不可思議的事。

從那天起，法蘭茲幾乎每天都會看到雅各哭哭啼啼的樣子，似乎一點小事就能讓這個少年流淚。他是個絲毫不介意在他人面前哭泣的少年，而這種毫不遮掩的特性被他發揮在所有事情上。

「你只不過是把死人美化了而已。」班上某個同學說。

「沒錯，女人都是一樣的。」另一個同學附和道。

「所有女人都會在外面找男人。她們只要躺在男人懷裡，什麼事情都能忘了，就算是自己忍痛生下來的孩子也是。」某個同學一臉嫌棄地皺起眉頭。

「我的媽媽才不是那種淫亂的女人。」

「難道你想說她很純潔嗎？」

「我媽媽雖然很貧窮，卻非常努力工作，為了我盡心盡力，她根本沒時間找男人。」

「那全都是你的幻想啦，幻想還是早早破滅比較好，這樣你才會痛快點。」

法蘭茲第一次插入眾人的話題。

「你竟然為了那種從一開始就不存在的東西哭泣，真是愚蠢至極。」

從一開始就不存在的東西。沒錯，所有的一切，從一開始就不曾存在過。

「別說了，你們憑什麼擅自評斷我的私事？你們根本沒有權利這麼做！」

當其他人脫掉雅各的褲子或用髒抹布按壓他臉上時，法蘭茲一向都在旁靜靜觀看。同學們簡直像是找到合適的發洩對象，紛紛朝著雅各動手動腳，而這一幕在法蘭茲眼中看來實在很恐怖。

原來成群結黨就是這麼一回事，多麼醜陋、多麼恐怖啊，簡直就像對屍體虎視眈眈的鬣狗一樣。

然而不知從何時開始，每當看見其他人把雅各欺負到哭時，法蘭茲就會有一種莫名的快感。每當法蘭茲心想，快看，他要哭囉，下一秒他一定會哭出來。每當法蘭茲心想，快看，他要哀號囉，下一秒他一定會哀號出聲。精準得簡直就像用計時器算好的一樣。

如今班上所有同學，幾乎都以霸凌雅各為唯一的樂趣。然而雅各也很奇怪，他實際上應該很害怕才對，卻從來不曾主動躲避他們，彷彿他內心某個角落也在期待他們霸凌他似的。

「我們能使的招數都用上了。」某天，班上一個同學說。

「怎麼感覺有點無聊了。不管看他哭泣或發抖的樣子，好像都已經變成了一種例行公事，似乎缺少了一些震撼力。」

「你有沒有什麼好方法啊，法蘭茲？」

其中一個壞心眼的同學把問題丟給法蘭茲。

「你讀過很多書吧？那上面沒有寫什麼有趣的整人方式嗎？」

「杜斯妥也夫斯基的《卡拉馬助夫兄弟們》應該有吧。」

法蘭茲冷靜地答道，他的聲音平靜得就像被問到該如何製作塑膠玩具模型一樣。

「書裡有一段寫到，有個人在火車鐵軌間躺著不動，直到火車經過為止。」

「什麼嘛，那種事情很常有啊。」另一個人答腔。

「我也有讀過，不過不是杜斯妥也夫斯基，但這一招聽起來好像不錯喔。」

「很有震撼力啊，畢竟是玩命的行為。」

「那傢伙會說好嗎？」

「會吧。」法蘭茲答道，「我會想辦法讓他說好的。」

這時，班導師從教室門口探出頭來，叫喚法蘭茲。

「你過來一下，老師有話跟你說。」

「好。」法蘭茲一邊說著，一邊離開眾人的圈子，「真的啦，我保證會讓他點頭的，你們等著瞧吧。」說完便跟著老師離開了。老師領著法蘭茲來到學校草坪的板凳上。

「聽說你考試又交白卷了？英文老師簡直被你氣壞了。你到底在不滿什麼，才要一直做這種事呢？」

「因為我沒有念書。」

「不要再搬出那種藉口了。」

老師語氣不自然但明確地打斷他的話。

「我們就打開天窗說亮話吧，你到底有什麼不滿的？直接說給老師聽。」

「有什麼不滿……」法蘭茲直視前方嘟噥著，「我沒什麼特別不滿的。」

「你真是個奇怪的孩子，」老師繼續說：「你擁有看穿事情本質的能力。以你這個年齡來說，你一點也不像個孩子。」

「為什麼要這樣呢？」法蘭茲反問，「為什麼大人要試圖理解小孩子呢？明明你們就做不到啊。」

「你說為什麼？因為我們想要試著接近你們啊。我們想知道像你這種孩子的頭腦裡，究竟在想些什麼事情，然後想盡可能去理解，或者至少盡可能去體會你們的心情。」

他是個非常認真嚴肅的老師。如果在其他情況下，或許會顯得很討人喜歡，但對於當下充滿叛逆思想的法蘭茲而言，反而只有一種滑稽可笑的感覺。

「聽好，如果你再繼續這樣做，學校真的會給你停學處分。這對你來說恐怕不是一件好事吧？對你的將來也是。」

「對於將來要當連柯企業總裁的身分也是嗎？」法蘭茲嘲諷地笑了笑，「連老師也要對我說這種話嗎？」

「你爸爸很擔心你。」

「老爸今年捐了多少錢給學校？」

「你怎麼這樣說話！」

「經濟這麼不景氣，學校老師之所以還能放心地領到薪水，不正是因為老爸捐了錢嗎？」

「你說這什麼話，你這是在嘲弄我嗎？」

「那就請老師不要再用那種態度對我說話。為什麼你不像罵其他學生那樣罵我呢？為什麼你要用那種試探、討好的態度對我說話呢？」

「你該不會是在評估你有多大的權力吧？難道你是在測試你在這所學校能夠恣意妄為、橫行霸道到什麼程度嗎？」

或許如此吧，法蘭茲心想。或許他就是想親自透過這雙眼睛，確認大人究竟會對金錢或權力屈服到什麼程度。

「你最近很奇怪喔，感覺完全變了一個人似的。」連法蘭茲的女朋友莉賽兒都這麼說。

「才沒這回事。」

「有，我感覺得出來。沒有人比我更了解你了。」

「妳還真有自信啊。」

「你明明知道的。」

莉賽兒羞澀地笑了笑。法蘭茲很清楚她想從他身上獲得什麼，又對他有什麼期望，不過他不會回應她的期望。不是不想做，而是做不到。

「反正到頭來，女人都是……」法蘭茲低聲說出違心之論，「骯髒的動物，就連妳也是。」

「喔，不要，法蘭茲，你在做什麼！你怎麼可以這樣，你太過分了！」

法蘭茲粗魯地撕破莉賽兒胸口的襯衫，引來她一陣尖叫。為了阻止她繼續尖叫，法蘭茲突然壓在莉賽兒身上，撕破她的內衣，瘋狂搓揉起她小巧的乳房，並焦急地扭動身體，想挺進她的身體深處。

下一秒鐘，莉賽兒奮力推開法蘭茲。法蘭茲被推離後，兩人互相瞪視著對方，彼此之間流竄著尷尬的氣氛。

「對不起。」最後，法蘭茲低聲開口道歉，「是我不對，我不曉得哪根筋出了問題。」

「你並不是壞人啊，」莉賽兒哽咽地說，「你只是假裝自己很壞而已。你為什麼要故意做那些讓人討厭的事呢？」

「那又怎樣？我才不管別人喜歡我還是討厭我，反正都只是些煩人的傢伙，每一個都是。」

「我也是嗎？我也很煩嗎？」

「我不知道，但……」

「什麼也別想，把一切交給愛就行了。什麼也別擔心，什麼也別想。」

說完，莉賽兒再次將他擁入懷中。那柔軟的乳房、滑嫩的臉頰，法蘭茲覺得自己幾乎要沉溺在那觸感裡了。

不過，誰可以保證這不是刻意設計出來的呢？誰可以保證這不是出自女人的心機呢？誰可以證明這純粹是發自愛的舉動呢？誰又可以斷言這並非來自女人的利己主義呢？

一思及此，法蘭茲立刻不舒服地推開莉賽兒。

「就連妳都差一點要束縛我了。到頭來，女人還是喜歡自欺欺人。」

「難道你不是這樣嗎？」

「我想去別的地方，我想離開這座城市。」

「我也要跟你一起去，不管天涯海角。」

「女人只會礙手礙腳的。」

法蘭茲無視莉賽兒臉上傷心的表情，繼續說道：

「我要把爸爸公司的機密文件、股票和銀行存摺全部偷出來。我想看著爸爸辛辛苦苦建立起來的空中樓閣一夕之間土崩瓦解。」

「你那樣做有什麼好處？」

「妳不懂的。我爸爸總是以世界正義使者自居，不僅冷酷地開除員工，並且冷酷地恣意操弄他人的人生，我想讓他徹底地摔一次跤。」

「唯有這樣向你的爸爸報仇，你才能夠確認自己的存在，是吧？」

「至少這樣能讓我自由。」法蘭茲不假思索地說道：「再這樣下去，我永遠也無法獲得自由。事實上，我根本什麼人也不是。」

「太複雜的事情我聽不懂，但當你決定要做什麼的時候，請記得想到我。只要是為了你，我隨時可以拋棄一切。我已經做好這樣的心理準備了。」

少年們成群結隊地沿著鐵路旁的堤防上走著。遠方看得見一道覆蓋著白雪的山脊，晚秋的風替周圍的空氣增添了一絲寒意。這群少年把其中一人團團圍在中間。被包圍在中間的少年面色鐵青，彷彿充滿不安與恐懼，在人群中格外顯眼。

「到這裡就行了吧。」其中一名少年說。

「再往前走一點吧，不然從我們的位置看不到這裡啊。」

「如果不好好盯著他，說不定他會中途逃跑。」

「我才不會逃跑。」

被圍在中間的少年小聲嘟噥道，這個人就是雅各。

「你在害怕嗎？這傢伙在發抖哩。」

「有什麼好怕的，我沒事。」

「就在這裡吧。」法蘭茲斷定地說。

「那我們就散開來吧。火車經過這裡的時間是？」

「三點半整。」

「那還有七分鐘就到了。」

「拜啦，雅各。」

「加油啊。」一名少年揶揄地說道。

不過事實上，大家的表情都有些複雜，看不出來是真心覺得有趣，還是只是鬧著玩而已。之後少年們又沿著剛才來的堤防成群結隊地走回去，獨留雅各一個人走在後方。

那個時候，雅各究竟為什麼會回答「嗯」呢？

「嗯，可以啊。要我去做也可以。」

提出要求的法蘭茲，反而露出啞口無言的表情。

「真的嗎？真的要這麼做嗎？」

「嗯。」

「你知道自己在說什麼嗎？」

「反正，」雅各臉上擠出莫名空虛的微笑，「你不就是為了這個才來的嗎？你是為了讓我點頭才來找我的吧？」

接著又說：「既然如此，那在我點頭之前，你一定不肯離開的吧？這一點我很清楚。」

「你還真是無所不知、無所不曉啊。」法蘭茲諷刺道，「為什麼連我在想什麼你都一清二楚呢？」

「就是一種感覺。」

雅各臉上再度露出無助的微笑。

「話說回來，為什麼你不能表現得更有情緒一點呢？你為什麼都不會對我生氣呢？」

「生氣？為什麼要生氣？」

「因為我從開始到現在一直都在為難你啊，動不動就找你麻煩。」

「可是……」雅各停頓了一下，「你看起來一點也不快樂啊，就算在欺負我的時候也是。」

法蘭茲往後退一步，感覺自己好像被看穿了。

「你總是一副非常後悔的樣子。不對，你在欺負我的同時，好像也在懲罰自己一樣。」

「閉嘴！你哪懂我的心情。你不要以為你說那種話，我就會對你手下留情。」

「我知道，你絕對不會對我手下留情的。」

「既然你都這樣說了，那我更要做得絕一點。」

「我知道，我知道你會做得很絕。」

「那你為什麼不停止？」

「我不知道。就像你無法停下來一樣，對於我的命運，我也無法做出更多的掙扎。」

雅各讓身體陷入軌道間，腦海中浮現當時的對話。他發現不知從何時開始，他與法蘭茲之間似乎成立了一道雙方都不明說的默契。欺負人的與被欺負的，彼此都默默地努力扮演好自己的角色。

雅各覺得自己多少能夠明白法蘭茲為什麼把他視為眼中釘。法蘭茲不喜歡這個世界上存在著另一個自己。有一個自己的分身，令人感覺有點煩躁不安。

他們不僅是臉長得像而已，雅各覺得他們兩人根本如出一轍。他們的內心都懷抱著極大的不滿，而且都不知道該如何宣洩那股不滿的情緒。這跟其他同年紀少年那種浮躁、青春期特有的欲求不滿不同，這是一種無時無刻都纏繞在自我存在基底上的不安。這或許是來自於他們成長的環境也不一定。

而法蘭茲選擇用來宣洩這股不滿的地方，就是雅各，因為雅各是最令他耿耿於懷的人。法蘭茲欺負人的方式與其他少年不同，他是以厭惡自己的眼光在看待雅各的。若是可以，他希望能夠抹殺掉自己的分身，他想要忘記分身的存在。

雅各縮瑟在軌道與軌道之間。恐懼感令他全身顫抖。他為什麼要答應做這種事呢？他為什麼無法說不呢？事到如今，他才感到後悔，但……

他繼續這樣活下去也不是辦法。像他這樣的人，還是早點死了比較好，反正他本來就不是在期待之中出生的人。

這時，「噹、噹、噹……」雅各的思緒被遠方傳來的平交道聲響打斷。他倒抽一口氣，慌忙躲進草叢裡。下一秒鐘，耳邊傳來震耳欲聾的聲音，列車快速從他身旁經過。

生死一瞬間，雅各一度不曉得自己究竟發生了什麼事。茫然自失一會兒之後，他這才緩慢而遲疑地從草叢中站起身來。

少年們三三兩兩地衝了過來。雅各向他們露出微笑，腦海中卻瞬間閃過一個念頭，「為什麼我不能就這樣死掉？」如果能那樣死掉，反而更輕鬆吧。

當時侵襲法蘭茲內心的，也是一種複雜的情緒。感覺好像有一點空虛，但又好像有一種鬆了一口氣的安心感。

話雖如此，法蘭茲再度心想，為什麼他要這麼在意雅各呢？為什麼他想抹殺對方呢？難道是因為雅各長得像他最討厭、最想忘記，且最不想看見的自己嗎？

為什麼雅各可以那麼地開朗呢？為什麼雅各可以如此簡單就相信呢？這個世界上明明沒有所謂的幸福，這個世界上明明沒有愛這種東西。為什麼雅各可以感到那麼地幸福，還說這個世界是個樂園呢？

那傢伙難道沒有煩惱嗎？難道沒有痛苦嗎？難道他沒嘗過不被愛的痛苦滋味嗎？

「你想要欺負我吧？沒關係，如果欺負我能讓你的心有所喘息，如果這樣做能讓你的自我獲得拯救。」

雅各的眼神中傳達出這樣的訊息，而這是另一件令法蘭茲難受的事。雅各的眼神實在洞悉了太多事。

其實法蘭茲並不知道，雅各也飽嘗不被愛的痛苦滋味，在沒有愛的孤獨地獄中受盡折磨。

父母過世後，雅各被奶奶收養，從此過著與以往截然不同的生活。過去雖然貧困，卻能在父母的關愛下過著平靜的生活。儘管貧窮，爸爸卻擁有傲人的名門背景，媽媽也在勤儉的生活中對雅各貫徹兼顧精神世界的教育。

他的父母儘管貧窮，卻願意施捨給更貧困的人。他們一向堅持這樣的生活態度，從不輕視窮人或身分卑微的人，還會照顧弱勢或病人。這些雖然是不值得一提的小事，但能不能真的做到又另當別論了。而他的父母就是這樣理所當然地做著這些一般人無法輕易做到的事。

被奶奶收養的雅各，從一開始就無法忍耐那些不合理的差別待遇。他穿的衣服、他吃的食物，全都跟其他堂兄弟不一樣。用餐時，他得和傭人一起在廚房旁邊吃飯。分配給他的房間也是傭人房。從學校回來後，還會派他去跑腿。然而他最受不了的是，奶奶動不動就會找理由說一些難聽的話。

「誰叫你媽媽出身卑微。」

「你媽媽是個女惡魔，從我身邊奪走我心愛的兒子。」

「因為你是那種女人生的，所以你肯定也跟她是同類。」

每一天，奶奶都會一而再、再而三對他說類似的話。這樣的生活簡直如坐針氈。然而，有一項事實是雅各堅持不肯讓步的，就是無論如何他都想去上學。只要能夠繼續研讀他熱愛的學問，他就很感激了。對他這個無依無靠的人來說，他只能逼自己這麼想。

他已經不可能期待從家庭得到溫暖的愛了，因為他現在是寄人籬下。雅各雖然年幼，卻很清楚自己的立場，並且盡可能注意自己的言行舉止不要逾矩。他抹滅人類與生俱來的情感，一直要求自己忍耐與服從。

躲到自己喜愛的書堆中，是雅各唯一做得到的事。從房間窗戶眺望遠方綿延無際的阿爾卑斯山脈。遠遠望著純白的阿爾卑斯山稜線，在萬里無雲的天空下伸展肢體，長長地橫亙在澄澈清冽的空氣中，這段放空思考的時間是雅各唯一獲許的自由。

先後失去雙親、面對奶奶冷淡的欺壓……雅各就是在這種幾近精神崩潰的狀態下，轉到那所學校的，接著同學們也輪番開始欺負他。他不知道該如何處理這種狀況才好。

由生性浪漫的媽媽一手帶大的雅各，看上去似乎有些脫離現實，這一點或許就是引起別人好奇心的原因。他不像其他同年紀的少年那樣喜歡參與激烈的遊戲，也不會作弄別人或享受那些粗暴的遊戲，所以他那種深深沉浸在自己內心世界裡的模樣，或許看在其他少年眼裡顯得格外奇特吧。

雖然去學校上學是一件很痛苦的事，但是與其待在家裡被迫聆聽奶奶惡毒的調侃，或是不停地被使喚，不如到教室裡待著還比較好，至少可以從教室的窗戶眺望外面的景色。

不過就算他再聰明、自我壓抑的忍耐力再強，一旦被班上的同學們欺負，他就完全無法控制那股壓抑到極限的情緒。同學們或許以為他是因為被欺負才哭泣，但當下爆發出來的事實上是別的情緒。

不管奶奶怎麼鄙視他，媽媽留下的溫暖回憶始終是雅各唯一的心靈支柱。但他也發現，自己愈是依賴那些回憶，就愈會惹得法蘭茲不高興。不過就算是這樣，他又能怎麼辦呢？

雅各至今依然能夠想起媽媽臨終前對他說的話。

「把你託給奶奶……」媽媽痛苦地喘息道：「就像把小羊送進狼群中。」

雅各嚇了一跳，因為這麼明白的描述一點也不像媽媽平常會說的話。

「但這是唯一的辦法了，為了讓你活下去，媽媽只能這麼做。」

接著媽媽用充滿憂慮的眼神注視著雅各。

「媽媽要你答應一件事。」

「好的，媽媽。」

「無論發生什麼事，你絕對不能輕易放棄。」

「我知道，我答應妳。」

「你要好好活下去，不管發生什麼事，你都要好好活下去，連媽媽的分一起活下去。」

雅各把臉埋進媽媽的胸口，不斷地啜泣。

「然後你要相信媽媽，不管奶奶說了什麼，你都要相信媽媽是潔身自愛的。」

雅各不明白媽媽在說什麼，但還是回答：「我知道了，媽媽，我相信妳。」

「不要忘記你說過的話，不然媽媽就算走了，也會一直掛記著這件事。」

隔天一早，媽媽就斷氣了。當時與媽媽的對話實在令他印象深刻，但在悲傷的情緒中，雅各一度忘記這件事。跟奶奶一起生活後，突然被拋到嚴苛的環境中，他很快就想起當時的那段對話。

「媽媽是潔身自愛的，這是什麼意思呢？」

他好幾次在腦海中反覆思索這句話，但想來想去始終毫無頭緒，而且不知道為什麼，唯有這件事情，奶奶好像也不打算提起。當然，他根本沒想過要直接問奶奶。

記憶中的媽媽總是溫柔體貼，然後總是顯露出些許疲態。在早年喪父的貧困生活中，媽媽為了養他，日以繼夜地工作，不過就算再怎麼貧窮，她也從來不曾為現實而妥協。

她總是讓雅各穿著洗到褪色的乾淨內衣褲去上學。教科書和制服雖然是別人用過的二手物品，但也從不曾引來異樣的眼光。即使生活已那樣貧困，只要認識的人家裡有人生病，媽媽再怎麼忙也會去幫忙人家。

「你可不能做出令爸爸家族蒙羞的事喔。」

媽媽不時會這樣叮嚀他。

「你要以身為父親的兒子為榮，因為不管我們再怎麼貧窮，你身上都流著海爾納家長男的血。」

雅各雖然不是很明白這究竟代表什麼意義，但擁有父親血統的事實，在他心中的分量愈來愈重要。

媽媽的遺物當中有一本日記簿。雅各好幾次想打開那本上了鎖的日記簿，但最終都打消了念頭。雖然他對媽媽的回憶全是由美麗的色調所構成，但萬一日記簿中有任何破壞回憶的汙點怎麼辦？

不過，他一直告訴自己絕對不會有這種事，就像那純白的封面色彩一樣，媽媽的過去也是潔白無瑕的，但……

「媽媽是潔身自愛的，潔身自愛。」

他很在意媽媽說的這句話，也很在意奶奶的惡言惡語。

「你媽媽是個淫亂的女人，她才沒有你以為的那麼純潔。」

有一天，雅各終於忍不住打開那本日記簿的鎖。

工整的字跡一看就知道出自媽媽的手。內容記錄著雅各出生時的事、難得與爸爸一起出門的回憶、雅各的成長、學校入學的事……筆觸雖然平淡，字裡行間卻夾雜著些許幽默感。那充滿溫暖與柔情的日記簿，不禁讓人想起回憶中的媽媽，不過……

在雅各出生好久以前的記錄中，有一頁的字跡異常凌亂，與平常的媽媽截然不同。

「噢，敬愛的主啊！」

「我已經沒有希望了，我再也無法冀望得到他的愛。」

「要是被他知道該怎麼辦？這是我唯一害怕的事，我好害怕、好害怕……」

那一頁潦草地寫著這樣的內容，凌亂的筆跡看起來一點也不像出自媽媽的手。

媽媽不想讓那個人知道什麼事呢？她害怕被爸爸發現什麼事嗎？雅各百思不得其解。

回憶中那個溫柔的媽媽也有灰暗的過去……雅各永遠也不想知道那些事，不過那些過去該不會也與他有關吧？他必須弄清楚才行，他一定要弄清楚才行。

少年們成群結隊地發出野蠻的叫囂聲，嘴裡不時吐出低俗的字眼，像在追逐狐狸一樣緊追著雅各不放。雅各拚命竄逃，就像挑釁著獵犬的獵物一樣，不時被路上遭砍斷的樹根絆倒，但他依舊死命地逃。

逃著逃著，雅各一不小心被石塊絆倒在地，少年們立即蜂擁而上。他們在進行一種殘酷的狩獵遊戲。當然，這一切都是以遊戲為名。少年們哄然大笑地脫掉雅各的褲子，讓他白嫩的屁股赤裸地暴露在陽光下，然後一哄而散。

這一切都被法蘭茲看在眼裡。

那一天，雅各全身髒兮兮地回到家後，被奶奶臭罵了一頓。

「你到底想怎樣！沒看到我工作有多忙嗎？你卻在外面跟一群搗蛋鬼玩到全身骯髒的才回來。」

「對不起，奶奶。」

「果然是有其母必有其子，你一定學了一些不三不四的遊戲吧？看來血緣是騙不了人的。」

「請您不要說我媽媽的壞話。」

雅各緊緊咬住下唇。

「您怎麼說我都沒關係，但請您別那樣說我媽媽。」

「拜託你別再幻想自己被那女人疼愛了好嗎？她才不是你以為的那種潔身自愛的女人，她明明就在外面跟別的男人有一腿。」

「您說這話是什麼意思？」

奶奶瞬間閃過愕然的表情，但立刻又恢復正色。

「什麼意思？就是那個意思啊。話說回來，就連你是不是你爸爸親生的都不知道呢，因為你媽媽被陌生男人強暴正好是懷上你不久前的事。」

「陌生男人？」

「沒錯，說好聽一點是這樣，但誰曉得你媽媽是不是早就跟那個男人串通好了，結果還敢裝出一副受害者的可憐樣，實在是不知羞恥。」

奶奶走開以後，雅各啞然無語地佇立在原地，腦海中不斷重複著剛才聽到的話。

——被陌生男人強暴。

——就連你是不是你爸爸親生的都不知道。

——在外面跟別的男人有一腿。

為什麼奶奶要說這麼過分的話呢？

「請您告訴我實情。」

雅各唯一能拜託的對象就只有叔叔了，但他卻面有難色。雅各的叔叔就跟大部分軟弱的男人一樣，每次奶奶與雅各起衝突，叔叔就會盡可能不去介入他們之間的紛爭。

「真拿你沒辦法。」

叔叔嘆了口氣，似乎真的感到很困擾。

「我真的不太了解實情。」

「您只要告訴我媽媽究竟發生了什麼事就好，我只想知道這個而已。」

「當時發生了強暴案……」

叔叔欲言又止地說道。

「那時有個陌生男人闖入你家，強暴了你媽媽。」

「陌生男人闖入我家？他想偷東西嗎？」

「這個嘛，」叔叔再次噤口不語，似乎有什麼難以啟齒的事，「那個小偷什麼也沒偷。因為這種情況實在太奇怪了，所以你奶奶才會說是不是你媽媽跟那個男人串通好了，兩人其實是通姦。」

「怎麼可以這樣講！太過分了，我媽媽才不會做那種事。」

「我們也是這麼想的，可是這種時候不管說什麼都像在辯解，畢竟又沒有目擊證人。」

「夠了，別再說了。」

見到雅各不願再多聽的模樣，叔叔神色匆忙地離去。

「我真的只是聽人家說的喔。」在家裡打雜多年的女傭欲言又止地說：「有人說那個男人是老夫人一手安排的。」

「奶奶安排的？」

「噓，你太大聲了。」上了年紀的女傭迅速環視周遭一圈。

「她想讓你媽媽名聲掃地，好拆散你爸爸和你媽媽。」

「怎麼會？為什麼要做這麼可怕的事？」

「是啊，真的很可怕，不過為了守護海爾納家族的名譽，老夫人確實很有可能做出這種事來。」

「用這種手段陷害媽媽，就能守護海爾納家族的名譽？」

「只要能夠逼你媽媽跟你爸爸離婚，然後聲稱你不是你爸爸的孩子，切斷你們之間的血緣關係就可以了。」

女傭自有見地的皺起眉頭說。

「但是，最後法官判定你是你爸爸的孩子，所以老夫人對這個結果非常不滿。」

光聽到這些並不足以讓雅各覺得自己解開了出生之謎，因為他有可能不是爸爸的親生兒子，而是那個性侵媽媽的陌生男人的兒子。

怎麼會這樣？怎麼會有這麼可怕的事？

而且當時的媽媽不知該有多煩惱啊？爸爸知道以後又煩惱了多久呢？

聽說爸爸一句責備的話都沒說，反而陪著媽媽落淚，並發誓一輩子陪伴她療傷。

充滿男子氣概的爸爸，還有對爸爸滿心感激、一輩子愛著他的媽媽。

這是一段毫無汙點的佳話。然而，他自己又該何去何從呢？

一名少年全身赤裸地橫躺在覆蓋著黑布的長桌上。從細長的脖子、平坦的下腹到纖長的腿，全都一覽無遺。頭部仰躺朝上，金髮披散在四周。頭上蓋著一層薄紗，雙臂朝兩側伸展，手上分別拿著黑色的蠟燭。朝兩側伸展的手呈現出十字架的形狀，手中的蠟燭則象徵著十字架上的釘子。

其他幾名少年在旁屏息以待，唯一聽得見的就是在彌撒臺上深呼吸、來自少年胸口低沉的律動音而已。此時，一名身穿祭司服的少年步入房內。他走向彌撒臺上的少年，將一條小餐巾鋪在少年赤裸的身體上，再將十字架置於其胸口，並於他的腰際放置聖杯。

「準備就緒，黑彌撒正式開始。」

穿著祭司服的少年鄭重宣布。他彎下腰來，恭謹地親吻了一下彌撒臺上少年的胸口。這是一個標準的生人祭壇。這時門再度打開，一名少年抱著某種不停掙扎的生物進來。那是一隻脖子被勒住、正處於瀕死狀態的雞。

「你有何心願？」扮演祭司的少年嚴肅地對著彌撒臺上的少年問：「說出你的心願，那將會盡速獲得實現。」

在祭司的指示下，彌撒臺上的少年突然心神失常似地開口了。

「我恨我哥哥，我想抹殺他的一切。」

「你哥哥讓你很困擾嗎？」

「沒錯，從小開始，哥哥就是造成我痛苦的元凶，他一路從最好的高中升上最好的大學，而我書讀得勉勉強強，考上的學校也比不上他，他的光芒太過耀眼，讓我只能活在他的陰影下，我永遠只能當哥哥的影子而已。」

「你希望殺了你哥哥，是嗎？」

「是的，拜託了，我再也不想當他的影子了，我想要成為眾人的焦點。」

「你的心願很快就會實現。」

這時，穿著祭司服的少年的手閃過一道刀光。少年將手中的雞倒吊在空中，一面向惡魔吟唱咒語，一面用刀一口氣刺穿雞的脖子。

耳邊瞬時傳來淒厲的哀鳴聲，雞啪嗒啪嗒地拍著翅膀掙扎，最後突然安靜下來。雞的脖子癱軟低垂，噴出的鮮血滴滴答答地落在彌撒臺上，染紅少年的身體和聖杯。

全身上下濺滿血滴的少年，興奮得不停顫抖。當雞的血被榨乾後，擔任祭司的少年在聖杯的鮮血內混入葡萄酒，遞給躺著的少年，讓他一口氣喝下去。鮮血和葡萄酒從少年口中溢出把他的胸口與腹部染得鮮紅，那景象實在令人寒毛直豎。

黑彌撒陸續舉辦了好幾回，少年們全都抱著既害怕又好奇的心態，滿心期待地參加聚會。他們各自翻閱了惡魔學典籍，蒐集黑彌撒所需的物品，或試著背誦向惡魔吟唱的咒語。

久而久之，少年們愈來愈沉迷於這個禁忌遊戲，而法蘭茲也是其中之一。雖然他內心對此不屑一顧，卻無法停止參加黑彌撒的聚會。

惡魔，那種東西真的存在嗎？

「奧圖那一次真是精彩啊，他叫得超級認真的。」

不知道是第幾次的黑彌撒，一行人在回家的時候，其中一名少年還很興奮地提起先前的事。

「『把莉莉安還給我！』『把莉莉安還給我！』」

「好像是在市公所舉辦的舞會上，莉莉安跟阿諾互相看對眼，就丟下奧圖一人，不曉得跑哪裡去了。」

「那個三心二意的女人！就算對象不是阿諾，她遲早也會腳踏兩條船的。奧圖那傢伙真是愚蠢。」

「不過說起來，在舉行黑彌撒的時候，大家都會不自覺地說出真心話呢。」

「可能是因為被氣氛影響了吧，黑漆漆的房間、黑漆漆的蠟燭和黑漆漆的彌撒臺，再加上自己全身光溜溜地躺在上面。」

「而且身體上還被滴了新鮮的雞血，要不說出真心話也很難吧。」

「每個人都有一、兩個想殺的人啊，那一瞬間只會想吐露真心話吧。」
「不過，這個世界上真的有惡魔嗎？」
「哪有什麼惡魔，那不過是教會為了凸顯神的存在，才特別設計出來的對比而已。」
「但也可以換一種角度思考，如果一開始存在的並不是神，而是惡魔呢？」
這句話一出口，所有人的視線全都集中在法蘭茲身上。
「你說這話是什麼意思啊？」
「總而言之，我的意思就是，假如一開始存在的是惡魔，然後才設計出神來做為對比呢？」
「也是有這個可能啦。」一名少年說。
「假如人類生來就被塑造成不斷朝邪惡或墮落下墜的生物，而為了阻止這些，無論如何都需要有神的存在呢？」
「你的意思是，神是教會刻意設計出來的產物？」
「這樣想又有何不可？假如全世界從古至今好幾世紀以來所寫的無數有關神的經典，全都只是為了消滅惡魔所做的無謂的努力呢？」
一時之間，所有人皆無言以對。

「不過，黑彌撒真的有效嗎？上次凱因茲許的願望呢？他不是祈禱說要得到可以迷倒所有女人的帥氣外表嗎？結果也沒聽說他有變得更帥啊，還不是一樣不受女生歡迎。」

「因為用了雞才沒效。」

眾人嚇了一跳，再次望向說出這句話的法蘭茲。

「你這是什麼意思？」其中一人戰戰兢兢地問。

「應該要用人來當祭品才對啊。」

「人？」

「惡魔渴望的是人類的鮮血。這一點從吉爾斯．德．萊斯男爵那個時候開始，就一直是不變的事實吧？用雞來當作祭品只不過是騙小孩的把戲。」

「我不想要成為有前科紀錄的人。」

「但如果有人自願成為祭品呢？」

「怎麼可能會有那樣的人。」

「很難說啊，不試試看怎麼知道。」

眾人臉上紛紛露出懼色。

「你說的是雅各嗎？」其中一人小心翼翼地問道。

「那樣太超過了啦，法蘭茲。那個……」

「開玩笑、開玩笑的啦。」

法蘭茲臉上露出不自然的笑容。

「我開玩笑的，你們不會當真了吧？」

「可是，說不定真的必須使用人類的鮮血才有效。」一名少年說。

「下次要不要用割腕的方式收集鮮血？」

「我才不要，那多痛啊。」

「你是不是男人啊？只要在玻璃杯裡裝一點點就夠了。」

法蘭茲渴望的東西，就是可以與爸爸相抗衡的權力，他想逃離爸爸的掌控，所以他渴望得到「力量」，不想一直當一個軟弱無力的少年。

法蘭茲一直在思考這件事。雖然這並不表示他沒想過求助於惡魔而非神，是一件多麼恐怖的事，或者可能是邪門歪道，但基督教的神究竟對他提出了多少不可能的要求呢？敬畏父母、克制性欲、捨棄無謂的虛榮……每一件事情對法蘭茲來說都是無法做到的要求。

法蘭茲不由得心想，如果基督活在現代，肯定會是一個非常無趣的人吧。人們恐怕不會遵從他的思想，說不定還會認為他是一個既無聊又掃興的傢伙，而避之唯恐不及吧？

「放開我、放開我，救命啊！」

被五花大綁的雅各使盡全身力氣叫喊著，不過他愈是掙扎，綁在他身上的繩子就纏得愈緊。

在異常的狂熱與興奮中，少年們個個殺紅了眼，像包圍綿羊的野狼一樣圍繞在雅各身旁。

「安靜點，你可是活祭品。」一名少年冷漠地說。

「能夠獲選為獻給惡魔的神聖祭品，你應該覺得榮幸才對。」

「祭司大人，這樣可以嗎？」

披著祭司服的少年一面嚴肅地點頭，一面接下綁著雅各的繩子。

「這樣就可以了。見到如此充滿活力又健康的祭品，惡魔想必也會很滿意吧。」

周圍傳來一陣竊笑聲。所有人都在心裡盤算著，先嚇唬嚇唬雅各，之後再放開他。這是一場有點不懷好意的惡作劇，不過純粹只是「惡作劇」而已。

先拿著刀子在雅各面前晃一晃，好好地嚇一嚇他，再輕輕劃傷他的手臂，讓他流個幾滴血出來。就用這種方式把他嚇得渾身發抖，然後再慢慢地釋放他……每一個人內心都是如此盤算的。不過既然如此，那一股籠罩在屋內的異常狂熱又是怎麼回事？

「時候到了。」現場響起法蘭茲極為冷靜的聲音。

「我負責殺祭品的豬，你負責盛裝鮮血。」

法蘭茲逐一點名每一位夥伴，清楚地分配任務。

「然後你負責將祭品獻給惡魔，而你負責處理最後的屍體。」

「好、好的……」

眾人各自按照法蘭茲的指示就定位。

「沒問題了吧？那就開始囉。」

其中一人拿著玻璃杯靠近雅各，準備盛裝鮮血。緊接著，法蘭茲已做好覺悟似地，高舉手中的刀。

所有人都不禁嚥了一口口水。這場鬧劇究竟要演到什麼時候？究竟要進展到什麼程度？每一個人都搞不清楚了，而法蘭茲手中高舉的刀，眼看就要用力揮下……

見血的童話

在格林童話中，有好幾篇像這篇一樣殘酷見血的故事，例如在〈杜松子樹〉中，媽媽殺了繼子後拿來熬湯，然後親生爸爸一邊喝湯一邊說：「好喝。」在〈殺生堡〉中，老太太在地下室肢解人類的屍體，然後一片一片削下內臟；在〈強盜新郎〉中，一群強盜將女孩拐騙回家脫個精光，再讓她躺在桌上，一刀一刀割下她的肉，然後在上面撒鹽。

連在著名的〈灰姑娘〉中，也有姊姊們為了把腳硬塞進玻璃鞋裡，便用菜刀切掉自己的腳跟或腳趾，或姊姊們把鳥的兩隻眼睛挖出來等殘酷的情節。

除此之外，在〈白雪公主〉的故事中，也有王后派獵人去殺害白雪公主，然後獵人帶回白雪公主的內臟（事實上是野獸的內臟），用鹽水煮給王后吃，以及王后在白雪公主面前被迫穿上燙紅的鞋子，最後狂舞至死的悽慘場景。

在這篇〈孩子們的屠殺遊戲〉原作的第一話當中，一群孩子一起玩「殺豬遊戲」，然後分別扮演屠夫、廚師、廚師的助手和豬等角色。扮演屠夫的孩子用刀割開扮演豬的孩子的喉嚨，而扮演助手的孩子則用碟子盛裝鮮血……

這時，一名市議員經過一看嚇了一跳，趕緊召集同事商討該如何處理這件事，但由於他們知道孩子並無惡意，因此大家都不曉得該如何是好。此時，一名老議員提議說：「準備蘋果與銀幣讓孩子挑選，選擇蘋果就判無罪，選擇銀幣就判死刑。」他們立刻按照這個方法執行，結果孩子選擇了蘋果，因此最後並未受到任何的懲罰。

接著在第二話中，一個看過爸爸殺豬的孩子，在玩遊戲時提議說要玩「殺豬遊戲」，由他自己扮演屠夫的角色，並指定弟弟扮演豬的角色，然後一刀刺向弟弟的喉嚨。

原本在別的房間替嬰兒洗澡的媽媽聽到哀號聲後，立刻趕了過來，她一看到這場面大驚失色，便拔出刀子刺向扮演屠夫的孩子的心臟。之後她回到嬰兒身邊，才發現嬰兒已經溺死在水裡了。媽媽因為悲傷至極而上吊自殺，爸爸回家後親眼目睹這場慘劇也傷心欲絕，不久後便死了。

現實與遊戲的差別

這篇童話在出版當時受到極大的批評，甚至連格林兄弟的朋友阿爾尼姆（Ludwig Achim von Arnim）都寫信質問他們說：「為什麼要在《兒童與家庭童話集》中收錄這種故事？」結果這篇童話從第二版開始就被刪除了。

金成陽一在其著作《透視恐怖的格林童話》中分析道，這是因為五、六歲孩童無法理解現實與遊戲差異而發生的悲劇。金成陽一提到，兒童能夠區分出現實與非現實差異的年齡大約是從七歲開始，而五、六歲的年紀則是從幼兒轉變為兒童的過渡期，因此像拔掉蜻蜓的翅膀、切斷螳螂的脖子等大人眼中看來很殘酷的遊戲，小孩子並不曉得那是殘酷的，他們只不過是因為覺得愉快才這麼做而已。

在〈孩子們的屠殺遊戲〉的第二話中，雖然「這是一個從男孩最先殺死自己的弟弟開始，然後陸續上演殺人或死亡的情節，最後一家人全部死掉的悽慘故事」（金成陽一），但金成陽一對此的分析是「原本應該很溫柔的媽媽一旦失去理智，再幸福的家庭也會輕易崩壞。」

近年來，親生父母虐待幼兒的事件確實急遽增加，而子女貪圖遺產殺害父母或兄弟為錢反目的殺傷事件也頻繁發生。很顯然地，這反映出了一個殘酷的現實，就是親子或兄弟等親緣關係已不再管用了。

以殘酷為樂的心態

鑽研世界各國文學的由良彌生在其著作《令人毛骨悚然的世界「殘酷」童話故事》中表示，這篇故事的主題是「模仿」與「以殘酷為樂的人類心態」。

比如，年幼的孩童一開始雖然不會說話也不會讀書寫字，但在聽父母講話並模仿父母的過程中，便會逐漸記住物品的名字。根據由良彌生的分析，這篇故事的主角也是在模仿自己的父母，而他所模仿的剛好是殺豬這種特殊的行為。

此外，他並不曉得殺豬行為若作用在人類的身上，也會使人類死去的這項現實，而問題就在於那個年紀的孩童，並不能夠真正地理解人類的死亡究竟是怎麼一回事。

另外，殺豬原本只是一種生產食物的方法，但為什麼在孩子眼裡會變成一種刺激性的行為呢？關於這一點的解釋，則是因為主角具有人類共通的心理，也就是他除了有想模仿大人行為的欲求之外，也在痛苦地看著豬被宰殺與看見弟弟的恐懼眼神之際，感受到「殘酷」或「恐懼」的樂趣。

除此之外，由良彌生對於為何要當著孩子們的面在大街上殺豬這個問題，他所提出的解釋，則是因為過去歐洲曾經有過一段把豬隻放養在市街上的時期，而豬肉又是一種很好利用的食用肉品，從頭到腳幾乎沒有一處是不能吃的，再加上當時的都市人都把排泄物或剩飯丟到窗外，因此也需要豬來處理汙物，所以當時那個年代，人們在住家附近殺豬是一種極其普遍的現象。

為何遭到刪除？

研究格林童話的吉原高志與吉原素子在兩人共筆的《閱讀初版格林童話》中，針對格林童話中其他殘酷的故事都被保留到最終版，但為何只有〈孩子們的屠殺遊戲〉遭到刪除的問題，推論出以下的理由。

根據吉原高志與吉原素子的論述，由於傳說故事當中廣泛運用綠提（Max Lüthi）所謂的「抽象性樣式」的文體，因此即使是殘酷的情節也欠缺具象性，無法讓讀者感受到現實的「真實感」。舉例而言，即使是砍斷手腳的場景，也不會在讀者內心喚起滴血或疼痛等真實的感覺。

相對於此，這篇故事比起其他格林童話來說，抽象度相對較低，現實意味濃厚，因此會使讀者產生與現實事件發生時相同的感覺。

吉原高志與吉原素子認為這篇童話遭到刪除的理由，在於其本身的文體與結構，相對於一般童話故事都是以「從前從前」做為開頭，不會寫出特定的時間或地點，但〈孩子們的屠殺遊戲〉卻在一開始就提到城鎮的名字、從頭到尾鉅細靡遺地描寫屠宰扮演豬的孩子的過程，而且這篇故事不像一般的童話故事都是幸福結局，而是以悲劇收場。

IV

賣火柴的小女孩

Den Lille Pige med Svovlstikkerne

當天真無邪
遇上奸邪凶惡

「有人要買火柴嗎？」
在大雪紛飛的平安夜裡，
一名貧困少女在街邊叫賣火柴。
對挨餓受凍的少女伸出援手的人，
究竟是善還是惡？

＊

選自安徒生童話的故事

開朗。

「姊姊，雪的結晶裡面有天使喔。」

當時弟弟是這麼說的。他把身體探出窗外，用手心接住翩翩飄落的雪花，笑得格外

「有小天使、大天使，還有……」

那張惹人疼愛的笑臉正仰望著天空，小小的雪花紛紛落在上面。弟弟開心地用臉頰迎接那些雪花，從頭到尾不曾喊過一聲冷。

「天使來這個世界做什麼呀？」

少女問，內心期待著聽到弟弟的答案。

「去不幸的孩子家敲門啊，然後送禮物給那些孩子們。」

「什麼樣的孩子是不幸的孩子呢？」

少女再問，她希望能夠一直聽到弟弟悅耳的嗓音。

「就是那些不曉得自己有多幸福的孩子。」

「還有呢？」

「還有明明得到很多愛，卻獨自占有而不與人分享的孩子。」

這時，弟弟臉上的表情突然變得很認真。

「我知道姊姊每天過得有多辛苦，才能夠帶食物回來給我吃。我知道餐桌上的一顆蘋果，是姊姊用多少血汗換來的成果。可是我卻什麼也無法給妳，我沒有任何東西可以回報給妳。」

「說什麼傻話。」少女不禁含淚而笑。

「你只要像現在這樣待著就好，我只要你好好地活著就夠了。」

你就是我們的天使。沒錯，你是天使。只要你一直都在，我就有活下去的動力。

「我去天國時一定會轉告神的，我要告訴祂姊姊有多溫柔、對我付出多少的愛。我有很多、很多話想告訴祂。我會獨占祂一整天的時間，告訴祂一大堆事情。」

「我想神一定會很高興的，因為你是個很會說話的孩子。」

少女強顏歡笑地回答，心情卻冷卻至冰點。他竟然說要去天國，難道他要丟下我們嗎？我怎麼可能讓這種事情發生？我這麼辛苦才撐到今天，為了讓這孩子活命還賭上了自己的性命。我犧牲青春歲月，為了這個孩子拚盡全力……

今天也沒賣出幾根火柴。家裡已經沒有食物了，但她還是想讓弟弟吃他最愛的草莓，想讓他喝美味的牛奶。

然而，少女的手中只有五、六個銅板，這點錢甚至連今天的晚餐都買不起。

媽媽忙著賺錢給她的新歡花用，根本沒空理她和弟弟。那個男人每天從早到晚都在家裡喝得醉醺醺的，也不打算出去工作。少女靠著叫賣火柴賺來的微薄薪水，幾乎全都給罹患不治之症的弟弟拿去看醫生用了。

「我弟弟的情況如何？」

少女送每週來看診一次的醫生到玄關，並壓低聲量問道。

「現在看來，情況還算穩定。」醫生低聲回答，「他想吃什麼就讓他吃，想做什麼就讓他去做吧。這種做法對那孩子才是最好的。」

「好、好的。」

少女結結巴巴地答道。那些話說來輕鬆，對他們而言卻是最難以達成的事……

他們家以前明明充滿陽光、笑容，還開了滿庭院的花，有溫柔的奶奶和可靠的爸爸在，一切都洋溢著歡樂的氣息，弟弟身體很健康，媽媽也比現在更笑口常開，但那段時光究竟消逝到哪裡去了呢？

她當時年紀也還小，每天過著無憂無慮的生活。整天不是讀自己喜歡的書或畫畫，就是在外面瘋狂地玩耍。那時還常常和弟弟玩摔角，大部分時候都是她贏。不過，弟弟的忍耐力很強，所以不管再怎麼痛，他還是會咬牙堅持下去，直到她用力把他拉起來，拍掉他衣服上的泥土，他才會露出不好意思的笑容。這樣結束遊戲以後，兩人又會立刻和好如初。

但不知從何時開始，弟弟常常動不動就跌倒，老是喊著自己好像發燒了，也變得不太能做劇烈運動。他開始嚴重偏食，也愈來愈常請假不去上課。

有一次，他們明明只是稍微玩一下摔角，弟弟竟然就搖搖晃晃地摔倒在地。她嚇了一跳，趕緊扶他起來，他也只是勉強擠出笑容說：「沒關係，我沒事。」

然後弟弟突然就暈倒在地，被救護車送去醫院後，院長把她和媽媽叫到診間，告訴她們弟弟得了絕症，而這一切實在令人措手不及。

那一陣子實在是發生了太多事情。爸爸出車禍身亡，年事已高的奶奶因為精神大受打擊也走了，弟弟又得了絕症。他們一夕之間家道中落，連三餐都成了問題。之後媽媽有了其他男人，就完全變了一個樣。

少女在街上叫賣火柴時，每次經過麵包店，總是會聞到剛出爐的麵包香氣。而經過甜點店門口，總是會看到裝飾得漂漂亮亮的甜派或糖果。

每一次她都被吸引得不斷吞嚥口水，內心不禁湧起一股衝動，想要趁著沒人看見的時候偷拿一個出來。她多想讓弟弟嘗一嘗如此美味的甜點，就算只有一次也好。

「妳別再做這種賠本生意了，妳只要跟我學個幾招，很快就能賺到一大筆錢了。」

有一次，有個男人這樣對她說。那個人是一個慣竊，想要拉攏她加入他的行列。

像她這種年紀輕輕又沒工作的小女孩，難道就只能靠偷竊維生了嗎？但是，她不想要做任何觸犯法律的事，至少她不想失去生而為人的最後一點尊嚴。

但是，或許她的堅持也維持不了多久了。在飢寒交迫的現實中，還能夠把話說得這麼好聽，或許也只剩現在了。

沒有人願意對他們伸出援手。為了活下去，他們必須不計一切拚了命地工作。如果有東西可以賣錢，當然也只能賣了，而她唯一能夠賣的東西是……？

可是一看到弟弟天真無邪的眼睛，她就打消了念頭。

媽媽有了情人以後，整個人都變了。那個男人喝醉以後，常常會對少女施暴。不過，媽媽不但不保護她，反而還視若無睹。不僅如此，就連男人目光猥褻地盯著少女，媽媽都會裝作沒看見。

這樣的生活究竟要持續到什麼時候？少女有時會想，如果爸爸和奶奶還在，和他們一起的生活雖然不富裕，但至少可以維持安穩平和的生活。

不過，一旦那樣的平衡遭到破壞，原本安穩的生活被擾亂以後，一切就好像玻璃出現裂痕，碎片朝四周飛散一般，所有的秩序都在一瞬間失控。

在今天這個雪花紛飛的日子裡，路上依然有很多來往行人，個個臉上洋溢著幸福的表情。有情侶深情互望、有戴著毛皮暖手筒的富家小姐被媽媽牽著走、有一群勾肩搭背的少年興高采烈地邊走邊聊天、有用天鵝絨裝飾內部的奢華馬車在行經水窪時濺起水花。

「有人要買火柴嗎？買一根火柴吧……」

在牆角處，有一個瑟瑟發抖的少女，凍得幾乎快發不出聲音來了。路過的行人看也不看她一眼，滿腦子只有自己的生活，沒有半個人注意到這個孱弱消瘦的少女。

為什麼上天這麼不公平呢？少女心想，那些人擁有愛、金錢，不缺任何東西，但她卻什麼也沒有，沒有美味的食物、富裕的環境，也沒有幸福的家庭。

然而，她僅有的弟弟在家裡等她回去，唯有這個事實能讓她繼續堅持下去，少女心想。因為有弟弟在，所以不管再怎麼孤獨、再怎麼難熬，她都能夠忍耐下去。

「妳這個拖油瓶！妳知不知道我為了妳花了多少錢！」

男人一把抓住少女的頭髮，把她從屋子裡的一角拖行到另一角。過程中，媽媽不僅沒有出手制止，反而笑咪咪地看著這一切。身處在人間地獄中，少女只能努力吞下咽喉深處的哀號，毫不抵抗地忍耐著。

男人的怒氣愈來愈高張，行徑愈來愈凶狠，不僅把少女推去撞牆壁，又把少女推去撞門，屋子裡不斷響起乒乒乓乓的碰撞聲。少女毫不反抗地讓男人把她在屋內拉來推去，任憑對方扯她的頭髮、撕裂她的衣服。

最後男人終於停歇下來，放開少女的手臂，少女幾乎快斷氣地倒在地上，默默開始啜泣。然後男人也頹倒在椅子上，好像附身的邪靈退去一樣，再次豪飲起玻璃杯中的酒。就這樣，地獄結束了，然後，寂靜再度到訪，彷彿什麼事情也沒發生過。

拖著被現實蹂躪得殘破不堪的心靈與身軀，少女筋疲力盡地回到弟弟身邊。對她而言，弟弟的房間是一處聖域。

少女鬆開頭髮，整理好衣衫，每次走進弟弟的房間時，她總覺得自己被一種奇妙的寧靜感包圍，彷彿從暴風雨中掙脫而出。

這間房間裡有一個正逐漸消逝的生命。象徵生命的蠟燭火焰愈來愈小，幾乎快消失不見。不過，少女每天都在與現實奮戰，努力不讓那逐漸消失的火焰熄滅。

弟弟的房間靜謐無聲，房裡沒有少女剛經歷過的那場泥濘不堪的暴力風雨，也沒有白日那充滿欲望與算計的醜惡現實。毫無疑問地，這裡果然是除去所有無謂與醜陋事物的聖域。

「妳今天好晚喔。」

床上傳來弟弟溫柔的聲音。

「那個男人又打妳了嗎？剛才好像有聽到什麼聲音。」

「沒、沒有啦，才沒那回事呢。」少女故作堅強地答道。

「你不需要擔心那些事好嗎？來，這是給你的。」

說完，少女搖了搖裝著草莓的簍子。

「哇，是什麼東西呢？」

弟弟眼中閃現天真無邪的光芒。

「你打開來看啊。」

「哇，是草莓、是草莓耶！」

弟弟打開蓋子探了探裡面，興奮地叫著。

「你今天過得怎麼樣啊？」

「嗯，我今天啊，看了很多書喔。」

「看書？喔？你看了什麼書？」

「我們之於神，就好像……」少年遙視遠方，「小鳥之於我們一樣。」

「什麼意思？」

「小鳥如果吵架，我們會傷心，會覺得討厭，沒錯吧？」

有一次，他們看見庭院中的小鳥為了搶奪飼料而互不相讓的畫面，不由得發出「真討厭」的感嘆。

「我們喜歡看著小鳥，看牠們相親相愛，互相分享飼料的樣子，這樣我們會覺得牠們很可愛，所以神也一樣喔，神也會望著凡間的我們，看到我們爭執吵架的樣子祂也會傷心，看到我們和睦相處的樣子祂也會微笑喔。」

對於神而言，我們就像小鳥一樣，正如同小鳥和睦相處一樣，人類也應該和睦相處。為什麼這麼簡單的事，人類就是做不到呢？

「為什麼人與人之間要互相爭執呢？為什麼不能好好相處呢？神在天上看到這一幕，肯定會覺得很哀傷的。」

「還有什麼能比神所創造的萬物更美的嗎？不管人類再怎麼較量技巧，花再多時間與金錢，都比不上神所創造的萬物。看看那花，看看那樹，看看那小鳥，那是多麼單純、多麼完美的作品啊。像這樣的東西，人類永遠也無法創造出來，就算花再多時間也一樣。」

弟弟說的這番話還真是脫離現實啊，少女心想。如果是平常，她一定會很高興聽他分享這些，但今天的她已精疲力盡，沒有多餘的心力了。

見到少女沉默不語，弟弟喃喃說道：「妳今天看起來很疲倦。」

此時，少女終於勉強擠出微笑。

「我知道姊姊很痛苦，但我絕對不會讓妳的痛苦持續太久的。」

「你在說什麼啊？」少女驚訝地說，「你哪知道些什麼。」

「我知道，我什麼都知道。我知道姊姊每次走進這間房間時，都會脫掉哀傷的面具，換上溫柔的面具才進來。」

「溫柔的面具？」

「我知道姊姊的溫柔背後藏著多少犧牲，流過多少眼淚。」
「你到底在說些什麼啊？」
「我什麼都知道，可是我卻無法為妳做任何事。」
少女不禁緊緊摟住弟弟。
「到那個『時候』，妳可千萬不能傷心喔。」
少女一聽，身體頓時一僵。
「再過不久，我就會變成那顆星星了，但是到那個時候，妳千萬不能傷心喔。」
「你說的那個時候，是什麼時候？」
少女嚥了一口口水。
「我也不知道，只有神才知道。」
「我絕對不會讓你離開的。」
「這種話不能隨便說出口，因為我很高興，能夠蒙主寵召是我最高興的事，而且……」
少年靜靜地微笑了。
「就算我的肉體消失了，姊姊還是會在各種地方遇見我吧。」
「在各種地方遇見你？」

「是啊，比如說姊姊有一天會去沙漠旅行吧。」

「沙漠？嗯？怎麼突然提到這個？」

「沒錯，就是沙漠。在一片廣袤浩瀚、無邊無際的金黃色流沙上，妳在那裡迷失了方向，想要找到井水。」

少女發覺自己已在不知不覺間被弟弟說的話吸引進去。

「就在那個時候，姊姊遇到了一個乞丐，那個乞丐衣衫襤褸、骨瘦如柴，痛苦地倒在沙上，幾乎呈現瀕死狀態。姊姊覺得那個乞丐很可憐，便將身上所剩的最後一口水送給了乞丐……」

「然後呢？」

「然後乞丐應該會在垂死之際，用盡最後一絲力氣看著姊姊吧。他的眼神裡會寫滿感激之情。那個時候，就是姊姊遇見『我』的時候。」

「聽起來有點深奧呢。」

「那我換個說法怎麼樣？假設有個少年在池邊弄丟了球，他很傷心，因為那是他死去的爸爸特別買給他的球。姊姊看到那個少年這麼傷心，便跑進池子裡替他撿球。少年開心極了，一邊喊著『謝謝！』一邊興高采烈地跑向妳。」

「所以，那就是你嗎？」

「是的，我存在於每一個角落。這可不是什麼虛飾的辭藻喔，當人類與人類的生命燃燒，然後在更純粹的領域擦出火花時……就是我和姊姊相遇的時候。相遇的形式會一而再、再而三地改變。」

「好像有點理解你的意思了。」

「所以不要傷心喔。」弟弟把臉輕靠在少女胸前。

「這麼幼小、這麼瘦弱的你……」

這麼幼小的孩子即將在神的寵召下化為天上的星星，少女無論如何都無法接受這個事實。為什麼是這孩子？敬愛的神啊，為什麼非得是這孩子不可呢？

這一天，薩德侯爵一樣躲在建築物陰影處偷偷觀察賣火柴的女孩。從女孩的表情看來，她似乎背負著這世界上所有的不幸……不，那是一種勇敢對抗不幸、彷彿殉教者般自命清高的表情。那是薩德侯爵最討厭的表情。

我就是為了懲罰這樣的人，才誕生在這個世界上的，薩德侯爵心想。背負全世界所有不幸的表情、容忍所有奸險邪惡的寬容表情、將身心交付給對神的信賴而充滿卑微與愚直的表情。薩德侯爵厭惡這所有的一切。

我就是來摧毀這些虛偽表象的人，薩德侯爵心想。在凶殘的暴力之前，再虔誠的美好信仰或虛偽的犧牲精神都會灰飛煙滅，根本就不堪一擊。

為什麼他如此厭惡美好的事物呢？為什麼他如此輕蔑虛偽的事物呢？這幾乎與狂熱的基督教徒不由分說排斥其他信仰的偏激行徑沒有兩樣。

他想玷汙純潔，他想懲罰虛偽，想讓這世間充滿各種邪惡與憎恨。這些念頭總是縈繞在薩德侯爵心上。

世界上有很多人只看事物的表象就感到滿足，有很多人活著只擷取事物表面最澄澈的部分，然而只有他一個人，總是不由自主地把目光停留在乍看之下很清澈，實際上卻沉澱著許多雜質的水底。他總是無法克制地深受那些雜質所吸引。

世界有正反兩面，而他則是屬於反面的那一邊。他從一開始就不被這個世界所接受，薩德侯爵心想。體驗過隱微的歡愉，並發現自己只能從那隱微的歡愉中找到自我後，這世界對薩德侯爵而言就成了敵人。世上所有一切都成了他怨恨的對象。

對方愈是高尚清廉、天真無邪，薩德侯爵愈是恨之入骨。他巴不得扯下那張虛有其表的面具，揭露藏在面具底下的真實面貌，讓渺小如蛆的「人類」露出那醜陋的臉孔。

他曾經為了一個娼妓爭風吃醋，然後只不過是稍微鞭打了娼妓幾下，就被警察逮捕，判他拘役兩個星期。爸爸勃然大怒，罵他敗壞門風，要與他斷絕父子關係。媽媽傷心欲絕，一病不起。同袍的士官們突然開始用異樣的眼光看他。

他明明出生在與波旁家族有血緣關係的名門世家，還一路從路易大帝中學升上只有貴族子弟才能就讀的近衛輕騎兵團附屬士官學校，其後出任陸軍少尉、重騎兵團旗手，然後年僅十九歲就成為勃艮第騎兵團大尉，從小到大都走在順遂的坦途上。對於一個金髮碧眼、高䠷結實的年輕士官而言，未來應該有無限可能才對啊。

有一天，薩德突然遭到逮捕，因為他在巴黎郊外租了一棟小屋，人們懷疑他把娼妓帶進去從事「不敬畏神的荒誕行為」，所以被關進凡森監獄裡。

然後從那天開始，他原本應該一片光明的未來，就此蒙上了一層羞恥的陰影。以往那個前途似錦、從未被他人嘲笑或侮蔑的薩德，這時終於知道，原來他的欲望是一件不能被搬上檯面的事，原來他最享受的歡愉會被社會冠以傷風敗俗的罪名加以非難。

從那時起，薩德侯爵就意識到，倘若要在這世上確立自己存在的理由，唯一的路就只剩下持續不斷地否定、非難世界上所有被視為善良與正義的一切。

坐在路邊賣火柴的少女看見一名身穿灰色及膝大衣、白色暖手筒，拄著手杖的高挑男性朝她走來。她曾經看過這個男人幾次，從那看似要價不斐的衣著打扮，再加上一臉傲慢與冷淡的態度，她一眼就知道對方是個社經地位頗高的人。

「妳的火柴賣得如何？」男子以一副事不關己的模樣問道。

「賣不出去，一根也賣不出去。」

「妳要不要來我這裡工作？我可以給妳相當於賣火柴一個月的薪水。」

「先生，我並不是從事那種行業的女人。」

「看來妳誤會了什麼。我只是想要找一個女傭而已，我家的傭人剛好辭職了，所以我正在找人頂替她的位置。」

「真的嗎？」少女憔悴的臉上浮現一層淡淡的玫瑰色，「像我這樣的人，真的可以嗎？」

「怎麼不行？妳會打掃房間、擦地板、洗床單吧？」

「會，那種事情我在家天天做。」

「那就夠了。這是我在亞捷的宅邸住址，妳隨時都可以過來，我等妳。」

隔天，少女循著薩德侯爵給的名片與地圖，出發前往位於巴黎郊外的亞捷。她請載運蔬菜等食品的貨運馬車順道將她從巴黎載到亞捷村的入口。

馬車經過安赫爾城門，穿過巴黎市區後，車輪咿咿軋軋地在牧場間的鄉村小路上行駛了好長一段時間。最後終於來到亞捷村，少女在一條叫拉雷東的路上被放下。

她按圖索驥走在寧靜的住宅區中，放眼望去是一幢幢氣勢非凡的宅邸，走著走著，她來到了一幢土黃色屋瓦與灰色牆壁的老宅邸前，門外的名牌上寫著薩德侯爵。這裡似乎就是貴族口中所謂的別墅。

按下玄關的門鈴請人開門後，應門的是一個不苟言笑、看起來像管家的男人。少女報上姓名，薩德似乎已經事先交代過他了。只見對方立刻點頭，帶著少女穿過中庭，來到二樓某個寬敞的房間內。

微弱的光線從緊閉的百葉窗縫間透出，在黑暗中若隱若現地照出兩張裝有睡簾的床。少女不安地左顧右盼，最後薩德侯爵終於現身了。

「妳終於來啦，我等妳很久了。」

「我照您的吩咐前來，您真的願意雇用我嗎？」

「當然。妳可以先休息一下，我請人準備飲料過來。」

薩德離開房間，留下少女獨自一人。大約半小時後，他拿著一根點燃的蠟燭出現了。然後，他突然開口要求：「把衣服脫了。」

少女一臉錯愕，不理解眼前的狀況。

在一旁暗自觀察少女表情的薩德，內心這樣想著：

接下來又要上演同樣的戲碼了。或許會有點刺激，也或許會有點新鮮。就讓我從那微乎其微的刺激當中汲取些許歡愉吧。那是我唯一能夠活出自我的路……

少女評估了一下自己的處境，看上去有些不知所措。她接下來肯定會大喊救命。然後她應該會衝到上鎖的門前，死命地敲門。每一次都是這樣開始的……

不過，事實與薩德的預期相反，少女表現得非常平靜。她沒有因為恐懼而放聲哭嚎，也沒有手足無措地驚惶求救。這也就算了，她反倒一副心灰意冷的樣子，老老實實地一件件脫下身上的衣服。

薩德侯爵回過神來時，少女已經就著微弱的光線，全身赤裸地站在他面前了。儘管那瘦骨嶙峋的身體幾乎令人不忍卒睹，但少女的眼神卻絲毫未變，依舊閃爍著清澈的光芒。

「那些傷疤究竟是怎麼來的？」

薩德一眼就注意到少女身上東一塊、西一塊明顯的瘀青，便開口問道。

「被媽媽的情夫打的。只要我賣不掉火柴，他就會揍我。」

少女若無其事地說。

「妳媽媽呢？她不會保護妳嗎？」

「不會。」

「妳不恨那個男人嗎？還有，妳不恨妳媽媽放任那個男人這樣對妳嗎？」

「他們也只是一群不幸的人。那男人想要藉由揍我來忘掉他的不幸。如果揍我能夠讓他得到明天一天活下去的力量，然後媽媽與他之間的愛，如果能夠因為這樣而多維繫一天，我所承受的這點疼痛又算什麼呢？殘留在我身上的傷痕又算什麼呢？說來說去，沒辦法把火柴都賣出去的我，才是最沒用的人啊。反正生活就是這樣，沒什麼大不了的。」

少女出乎意料地平靜。她並沒有陶醉於自我犧牲的精神，也沒有沉浸在什麼美德當中。她有的只是一副自然開朗到幾乎不可思議程度的表情，那該不會是早已放棄一切的表情吧？

「您沒見過我弟弟的微笑，所以您是不會懂的。」

少女露出做夢般的迷濛微笑。

「如果我忍耐媽媽的情夫對我暴力相向，能夠讓弟弟多活一天，那又有什麼不好的呢？如果我拚盡生命能讓那孩子長命百歲，那又有什麼不好的呢？反正這些都是神已經決定好的事了。除此之外，我也找不到其他任何方法了。」

薩德沒有耐心再聽下去，便一把將少女推趴在房間中央的長椅上，再把她的雙手綑綁在椅子底下，雙腳分別綁在椅子的左右腳上。他感覺得到，少女在繩索的束縛下，身體依舊不安地顫抖著。

薩德侯爵握起鞭子，目不轉睛地注視著少女清澈的眼眸。他凝神細看，想知道那瞳孔裡究竟映照著什麼。映照在她眼裡的，是永遠嗎？還是漫無邊際的虛無呢？

「消失吧，幻影。統統消失吧。」

正準備朝少女背部揮鞭的薩德侯爵，驀地在這一刻露出迷惘之色。忘記是什麼時候的事了，他也曾經夢想過永遠，也曾經相信過愛情，不過事到如今，他這段被詛咒的人生，還談什麼永遠或愛情呢？那只不過是痴人說夢而已，因為他的人生早已經「被註定」了。

終於，他狠狠地朝著少女的背部揮下第一鞭。灼燒般的刺痛感貫穿全身，但少女依舊咬緊牙根拚命忍耐。

薩德侯爵毫不留情地使勁鞭打少女的背部，就像在鞭打那些背叛他的人一樣。少女被打得皮開肉綻，卻一聲不吭地硬撐著。

「妳就繼續忍耐吧，妳就繼續苦撐吧，不過妳的肉體遲早會背叛妳的。」

肉體會背叛主人，薩德侯爵早已對這種狀況見怪不怪了。不，或許他就是為了目睹這一瞬間，才會持續進行如此淫蕩的行為，而他自己也有好幾次被肉體出賣的經驗。

薩德輪流使用木鞭與綁著皮繩結的流蘇鞭痛打少女的背部，中間偶爾會累得喘著粗氣停下來休息，但最後又開始毫不留情地鞭打她。

終於，慘叫聲衝破少女的喉嚨，她痛得幾乎快失去意識，身體瑟瑟發抖。她試著左右移動身體以逃離繩索的束縛，但堅固的麻繩卻一動也不動。

就在鞭子揮得愈來愈迅速激烈之際，薩德突然發出高亢的尖叫聲，達到了高潮。他垂下拿著鞭子的手，痛苦地大口喘氣，六神無主地在原地佇立了一會兒。

少女身上的繩子終於被解開，並獲准穿上襯裙。整片背部滿是血淋淋的裂傷，鮮血汩汩而流。最後，薩德端來毛巾、水壺與洗臉盆，少女拖著沉重的身體開始清洗，背部強烈的刺痛感折磨著她的全身。

「天色暗了，請您讓我回家吧，我弟弟在等我。」

「妳先等一下，我讓人送食物來給妳。」

薩德說完便離開房間，獨留在房內的少女突然靈機一動，將兩張床罩綁成一條堅固的繩子。她用身旁的短刀撬開百葉窗的縫隙，然後將床罩綁在窗框上，順著床罩滑下到後院。

好不容易越過圍牆，穿過後方的空地後，少女不顧身上刺痛的傷口，也不顧殘破的內褲纏在腳上，只知道一個勁地往前走。

弟弟正在等她。如果她今天沒回去，他該會有多擔心啊。他本來就是個敏感的孩子，再加上病情一天比一天惡化，她不能再讓他操更多心了。

幾小時後，少女穿著破破爛爛的襯裙，步履蹣跚地走在巴黎每天必經的路上。背部的傷口隱隱作痛，簡直就像全身著火一樣。在極度的疲勞與疼痛下，少女不時全身無力地停下腳步，將身體倚靠在建築物的牆上。

從亞捷到巴黎入口這段路，有個同情她的陌生人用馬車載她一程。然後她再舉步維艱地走到這裡。背上的傷持續隱隱作痛，肚子飢餓不堪，喉嚨無比乾渴。

然後，她費了九牛二虎之力才抵達每天走的那條路。如果不把火柴賣完，她就不能回家。今天晚上，媽媽的情夫應該也會狠狠揍她一頓吧。如果這副身軀再承受更多暴力，或許她會就這樣死掉也不一定。

夕陽斜照的馬路上行人來來往往，有剛下班準備回家的紳士，也有帶著孩子的夫妻。大家都趕著在天色變暗前回家，沒有人注意到在陰暗的街角，還有個渾身無力、衣衫襤褸的女孩在叫賣火柴。

雪花翩翩飄落在少女的頭髮上。街上亮起華麗的燈飾，家家戶戶的燈火從建築物的窗口透出。烤火雞的香味也飄到街上，令人垂涎三尺。對了，今晚是平安夜，但少女連這件事都忘得一乾二淨。

在兩幢建築物間有一條小巷，少女鑽進巷裡，全身瑟縮著蹲踞在地。她拚命拉扯襯裙的裙襬，試圖讓冰凍的雙腳稍微回溫，但逼人的寒氣絲毫沒有放過她的意思。

少女的小手凍得幾乎失去知覺，回過神來才發現，她已從叫賣的火柴盒中抽出一根火柴，擦過盒身。她想靠著微火暖一暖手指。

咻的一聲，火花迸裂。溫暖明亮的火焰竟然燃燒得像蠟燭一樣！少女把手伸向火焰周圍，感覺好像坐在一座擦得亮晶晶的黃銅色鐵爐前一樣。

少女朝著所剩無幾的火光輕輕伸出腳來，想要暖一暖自己的雙腳，但火焰卻在此時熄滅，火爐也瞬間消失了，只剩少女呆坐在原地，手中握著燃燒殆盡的火柴棒。

少女再次抽出一根火柴，擦過盒身。火柴瞬間點燃，散發出明亮的光芒，光芒照射在旁邊的牆壁上，彷彿形成了一個與外界隔絕的世界。下一秒鐘，她在閃耀的光芒中，看見一張鋪著白色桌巾的餐桌，上面擺著的竟然是一個裝著烤火雞的美麗金邊餐盤，還不斷冒出令人垂涎的熱氣！

少女咕嘟地嚥下口水。這時，奇妙的事情發生了，那隻火雞竟然跳出盤子，帶著背上的刀叉大步朝少女走來。不過下一秒鐘，火焰再度熄滅，眼前只剩下一片白茫茫的牆壁而已。

少女再次點燃一根火柴。這一回，少女坐在一棵非常美麗的聖誕樹下。樹上掛滿美麗的星星、禮物盒與白雪等裝飾，還有無數枝的蠟燭在綠枝上熊熊燃燒著。

少女不禁伸出雙手，沒想到火柴卻在此時熄滅，無數的聖誕蠟燭不斷地向空中飛去。在少女的眼中，那就像燦爛的星光。下一瞬間，其中一顆亮光劃過空中，拉出一條長長的尾巴。

「咦？有人去世了嗎？」

少女不禁呢喃道。因為去世的溫柔奶奶曾經說過，只要有一顆流星隕落，就代表一個靈魂被召喚回天上去了。

少女再點燃一根火柴。周圍倏地變亮，但這一回站在光芒中的，竟然是她最心愛的弟弟！弟弟朝少女伸出手，一臉落寞地凝視著她。

啊，剛才……少女幾乎不願相信自己的直覺，弟弟剛才離開人世了！

「帶我一起走！」

少女對著弟弟的幻影嘶喊道。

「火柴熄滅，你就會消失對吧？就像那溫暖的火爐、美味的烤雞，還有美麗的聖誕樹一樣！」

少女心急如焚地點燃所有剩餘的火柴。就算只有一秒也好，她要盡力將弟弟留在這裡。火柴熊熊燃燒著，閃爍的火光把周圍照得比白日還明亮。

終於，火柴一根接一根地燃燒殆盡，而她的這一生也像那些火柴一樣，好幾次瀕臨熄滅邊緣，卻在她拚了命地堅持下，好不容易撐到今天。她好不容易維持至今的現實生活。

但她再也沒有必要忍耐了。既然弟弟已經離開人世，那她就再也沒有必要捨棄自尊繼續苟活在這個世界上了。消失吧，她也從這個世界上消失吧。

「永別了。」

少女自言自語地說。街上洋溢著幸福表情的人們逐漸從她的視野中消失。嘈雜聲響迅速消失在耳畔，一股奇妙的寧靜籠罩著四周。唯有少女所在的空間，彷彿被冰塊封鎖般凝固成一個結晶。

然後就在這個時候，少女清楚看見弟弟朝她伸出手來。

「姊姊，跟我一起走吧。」

說完，弟弟抓起少女的手，把她拉了過去。少女的身體輕飄飄地飛了起來，在空中與弟弟緊緊地互相擁抱，旁邊圍繞著一圈神聖的光芒，然後愈飛愈高。他們正在前往一個沒有貧窮、屈辱、哀傷，也沒有恐懼的地方。

最後，人們終於發現倒臥在路上的少女，紛紛從四面八方簇擁而上。

「怎麼了？發生什麼事？」

「有人倒在這裡，已經斷氣了。」

「在這麼冷的天氣裡，她這樣根本和沒穿一樣嘛。她肯定是凍死的。」

「太可憐了，她就是那個天天在這條路上賣火柴的女孩呀。」

「所以我早就說過了嘛！竟然讓年紀這麼小的孩子在街上叫賣，她的父母究竟在想些什麼啊。」

「都是這個社會的錯，現在世界上還有成千上萬個賣火柴的少女，而這樣的現實到將來也不會有任何改變的。」

這時，一名圍觀者發現少女的手中，緊握著一個空的火柴盒。

「真是可憐啊，她應該是想用火柴取暖吧。」

「可是她臉上的笑容看起來是多麼地幸福啊。」

「不曉得她在臨死之前是不是做了什麼美夢呢。」

「可能她夢到了美味的食物吧，因為她總是餓著肚子。」

在場沒有人知道這個少女究竟看見多麼美好的畫面，也沒有人知道她是如何在神聖光芒的包圍下，隨著弟弟一起被召喚至天國。

不幸少女的幸福之死

這篇故事也和〈紅舞鞋〉一樣，都是安徒生童話的其中一篇。安徒生在一八七五年逝世前，總共創作了一百五十六篇童話故事，但並不是所有故事都廣為人知，其中最廣泛流傳於全世界的，就屬一八三五年到一八五〇年之間發行的初期童話系列。

小時候，你是否也讀過〈拇指姑娘〉、〈國王的新衣〉、〈醜小鴨〉、〈紅舞鞋〉或〈冰雪女王〉等故事呢？不過，知名度同樣不輸給這些童話的，就是這篇〈賣火柴的小女孩〉。

在雪花紛飛的聖誕節前夕，一名可憐的小女孩赤腳走在路上叫賣火柴，小女孩每點燃一根火柴，眼前就會出現美味可口的火雞大餐，或是閃閃發亮的聖誕樹……每次只要一提到〈賣火柴的小女孩〉，大家腦海裡應該都會浮現這樣的情景。

〈賣火柴的小女孩〉的靈感來自《丹麥國民年鑑》的編輯法蘭克，為了讓安徒生評估是否適合做為童話題材，而寄來的一張木刻版畫。畫上的人物是一名沿街叫賣火柴的可憐小女孩。

根據安奈泉的著作《安徒生童話的詛咒》，據說安徒生在看見這張畫時，想起了母親曾經說過的一件悲傷的回憶。他母親在小的時候曾被父母要求到街上行乞，但她因為覺得太過丟臉，所以一整天都躲在橋下的河堤上哭泣。

〈賣火柴的小女孩〉的原作大綱如下：

小女孩的母親過世後，父親動不動就對她暴力相向。年幼的小女孩每天都在飢寒交迫中，赤腳沿街叫賣火柴，但從來沒有人向她買火柴，也沒有人願意施捨她一點金錢。

寒冷與飢餓讓小女孩不停顫抖，為了讓身體暖活一些，她瑟縮在建築物的陰影處點燃手中的火柴。第一根火柴讓小女孩產生自己正坐在溫暖的黃銅火爐前的幻想。

但火焰很快就熄滅了，小女孩又點燃第二根火柴。這一次眼前浮現出熱騰騰、香噴噴的火雞大餐，火雞還跳出盤子朝她大步走來。

然後是第三根火柴。這一回出現的幻影，是一棵有數千枝蠟燭在樹枝上燃燒的美麗聖誕樹，不過火柴很快又熄滅了，那許許多多的蠟燭就像星星一樣朝空中愈飛愈高。

此時，一顆星星劃過天際，在天空中留下一道光影，於是小女孩想起了死去的奶奶說過的話：「每當有一顆星星隕落，就有一個靈魂會升上神所在的天國。」

然後是第四根火柴。周圍瞬間變得明亮，少女竟然看見親愛的奶奶在燦爛的光芒中，坐在眼前開心地對她微笑。小女孩對奶奶喊道：「帶我走！」把手中剩餘的火柴全部點燃。

周圍變得像白天一樣明亮，奶奶伸手抱起小女孩，兩人在光明與喜悅的包圍下愈飛愈高……

這是一篇淒美動人的故事，但從另一個角度而言，也可以說是一篇充滿黑暗絕望感的故事。故事中被現實打敗的小女孩，最終還是以尋死做為解脫之路。

森省二在其著作《安徒生童話的深層》中提到，這是一篇嘗盡現實苦楚而失去求生意志的孤獨小女孩最終邁向死亡的故事，而她的死則是為了與最疼她的已故奶奶合而為一，朝著宗教上至福之極致，也就是被神召喚升天的結局而去。

最後的結論是，在現實世界中失去希望的小女孩，她眼中所見的死後世界是一個無限幸福的世界，雖然她的死乍看之下像是自然死亡，但事實上卻包含相當程度的自殺要素在內。

點燃四次火柴

根據森省二所述，關於點燃四次火柴的情節，由於數字的「四」有完成、完結之意，因此也代表在第四次升天的意思。

其次，從聖靈降臨節（五旬節）每週依序點燃一枝蠟燭，直到第四枝時迎來聖誕節的傳統來看，少女第四次在比白日更明亮的光芒籠罩下升天，也是可以理解的事。

換句話說，第四根火柴是讓少女的靈魂得到解脫，與溫柔的奶奶合而為一（神聖化）的火柴。

雖然死亡很容易令人聯想到黑暗、絕望的一面，但對於受盡現實折磨的少女而言，或許死亡反而是一種救贖，給予她與逝世的奶奶重逢的希望。

安徒生本人也出生在極度貧困的家庭裡，十一歲時遭遇喪父之痛，為了成為藝術家而遠走他鄉，卻也遍嘗貧困與挫折帶來的苦。在那樣的絕望之中，不難想像他有多少次想讓靈魂安息而興起尋死的念頭。

不過，仔細閱讀故事會發現，小女孩的母親似乎也已經不在這世上了。那麼，為什麼小女孩不是與母親，而是與奶奶的靈魂一起升天呢？

關於這一點，森省二也提出推論，就是安徒生本人或許敬愛外婆更勝於自己的母親。前面也提到，安徒生是在極度貧困的家庭中長大。他的父親是最下層階級的鞋匠，連工匠工會都無法加入。他的祖父也是鞋匠，卻患有遺傳性的精神疾病。在慈善醫院擔任清潔女工的祖母也有病態性的說謊癖，阿姨則在哥本哈根開妓院。

不僅如此，安徒生的母親出身極度貧困，從小就必須靠乞討過日子，是個目不識丁、未接受過教育的女性。在性方面也毫無節制，結婚前曾遭行腳商人欺騙而生下孩子，並且毫無操守地不斷與多名男性發生關係。據說，連安徒生的親生父親是誰都不知道，甚至還有人猜測是不是安徒生的教父，也就是慈善醫院的守門人古默德（Nicolas Gomard）。

安徒生對於自己成長的環境有強烈的自卑感，並對於母親混亂的男女關係深感羞恥。安徒生的母親在他二十八歲時逝世於精神病院，當他得知這個消息時，曾提筆寫道：「聽見母親去世，我第一個念頭就是對神的感謝。想到母親的狀態，我不曉得自己哭過多少次，但我完全無能為力。」最後他連母親的葬禮都沒出席。

相對於此，儘管安徒生的奶奶患有說謊癖，但安徒生似乎對奶奶懷抱著更溫柔的敬愛之情。說起來在〈賣火柴的小女孩〉中，安徒生將奶奶清楚描述成「在這世上唯一疼愛小女孩的人」，但對於母親的角色卻只提到「一直到不久之前，母親還穿著那雙木鞋」，顯見母親的形象意外薄弱。

除此之外，在〈賣火柴的小女孩〉中，小女孩家裡的母親和奶奶都過世了，唯一還活著的父親會毆打賣不掉火柴的小女孩。森省二從這裡進一步推論，或許是因為父親成天酗酒、遊手好閒，母親為了代替父親維持家中生計而操勞過度，才會年紀輕輕就香消玉殞，然後由於母親生前被生活壓得喘不過氣來，沒有多餘的心力照顧小女孩，因此才會由奶奶扮演起照顧小女孩的角色。

接著森省二又從奶奶對小女孩說的「每當有一顆星星隕落，就有一個靈魂會升上神所在的天國」這句話推論，奶奶是一個擁有宗教性大愛精神的人，而這一點也影響了小女孩的人生觀。所以，這或許就是小女孩身處在貧窮之中，卻依然能夠維持豐富的心靈，而沒有墮落沉淪或作奸犯科的原因吧。

薩德侯爵的下場

然而，說到賣火柴的小女孩，我從小女孩乞討的形象，聯想到十八世紀異端小說家薩德侯爵的「亞捷事件」（Arcueil）。當時，薩德侯爵在街頭誘拐了一名無辜的乞丐，對他進行嚴刑拷打。

我想藉由這篇〈賣火柴的小女孩〉所描寫的，就是「當天真無邪遇上奸險凶惡」。換言之，賣火柴的小女孩基本上代表「天真無邪」，薩德侯爵代表「奸險凶惡」，就像〈美女與野獸〉或〈孩子們的屠殺遊戲〉中，加害人與被害人有時會逆轉一樣，角色逆轉的可能性不見得完全為零，而這不正是命運，還有人類的有趣之處嗎？

經過這場「亞捷事件」後，薩德侯爵的惡名迅速傳遍整個巴黎，而且在四年後的一七六八年，他再次犯下了「馬賽事件」（Marseille）。他與幾名妓女和他的男僕辦了一場雜交派對，在派對中鞭打、視姦或進行肛交。事件傳出來以後，這個不正常的八卦傳遍了整個法國，薩德侯爵與其男僕因為「毒殺未遂與雞姦罪」遭到通緝，薩德居住的城堡遭到搜索。薩德在千鈞一髮之際，與當時的外遇對象，也就是他的小姨子一起逃到義大利，最後他的岳母為了報仇而告密，讓他被抓進惡名昭彰的凡森監獄（Vincennes）。

周圍是十二公尺高的圍牆，高聳的石牆上是由內向外突出的壁帶，莊嚴肅穆的凡森監獄由兩道鐵門與厚達五公尺的牆壁包圍，在陰暗寒冷、只有一扇小氣窗的單人監獄中，薩德展開了長達十一年的艱苦日子。

不過，在他成為獨當一面的作家之路上，這十一年的艱辛是無論如何都不可或缺的。他做夢也沒想到，有一天自己會以作家身分，拿著《於麗埃特》（*Juliette*）、《瑞斯丁娜，或喻美德的不幸》（*La Nouvelle Justine ou Les Malheurs de la vertu*）、《索多瑪一百二十天》（*Les 120 Journées de Sodome ou l'école du libertinage*）等原稿離開這座監獄。更令人意想不到的是，一個世紀以後，竟然有人聲援他恢復的權利，而且他還以大作家之姿在文學史上，樹立了一座豐碑。

「我的想法無法與我本身的存在或體質切割開來，因此我無意改變。我那遭人們非議的想法，才是我人生唯一的慰藉，慰藉我在牢獄中的苦痛，構成我所有的歡愉，對我而言是比人生更重要的東西。」

在四十歲以前從未寫過任何東西的他，在十一年的牢獄生活中，成長為一名擁有大量著作的作家。他岳母蒙特瑞爾（Montreuil）夫人的利己主義，儘管有辦法將他的肉體困在監牢之中，卻沒有辦法禁閉他的心靈。遭捕入獄反而使他從現實的瑣碎事務中解脫，獲得更多自由的時間，可以盡情將自己的夢與欲望在作品中解放。

V

殺 生 堡

Das Mordschloß

變態伯爵的
殘虐陷阱

一道愈是被警告不能打開，
就愈讓人想打開的「禁忌之門」，
在裡面沉睡的，是遭女性背叛的
男人的瘋狂……

＊

選自格林童話的故事

「沐浴在月光下的維納斯啊……」

亨貝爾克伯爵微笑呢喃道。城堡陽臺上，伊妲正半裸著身子躺在沙發上，蓋著白色薄紗的身軀若隱若現。橫倚在絲綢枕頭上的肢體，籠罩著一層朦朧月光。她一動也不動地閉著雙眼，那模樣乍看之下彷彿屍體一樣。那就是伯爵所渴望的。

伯爵平時就經常讓伊妲扮演屍體。換上純白的死人服，畫上死人妝，橫躺在靈柩中的屍體。周圍鋪滿無數純白的薔薇花。濃烈的花香，刺激得伊妲快要窒息。

不過，儘管不舒服，伊妲還是順從伯爵的命令。她雖然覺得噁心，卻還是想知道伯爵究竟為何對屍體執著到這種程度。

「聽說那個著名的女演員莎拉．伯恩哈特很喜歡扮演屍體。」有一次伯爵找了這樣的藉口說：「她有空的時候就會畫上死人妝，躺進特別訂做的靈柩裡，然後要求在一旁目瞪口呆的男人，跟她一起躺進棺材裡。如果那個男人因為不舒服而拒絕，她就會大發雷霆，覺得對方並不愛她。

「怎麼說呢？這世上就是有人興趣比較奇怪一點，或是有特殊的偏好。妳不喜歡的話可以不要，但妳在扮演屍體的時候，是妳最美麗的時候。雖然妳自己可能不曉得這件事。」

伯爵說完，用下巴示意伊妲看向房間另一端的大鏡子。伊妲小心翼翼地朝鏡子看去，鏡中浮現的是她那具被籠罩在月光下的蒼白肢體。

不知為何，那肢體有種不祥的死亡陰影。照映在裸體上的月光，莫名地讓人有種發毛的感覺。她的裸體在月光濾過下的變化，彷彿透過濾紙由生到死。

最後，伯爵總會與扮演屍體的伊妲交歡做為結尾，這是他每一次的固定模式。戀屍癖（姦屍）……這種時候，伊妲也只能繼續扮演屍體，不管對方對她做出多麼不知羞恥的行為，她也只能任憑對方上下其手，既不抵抗也不拒絕。

對於如此詭異的性行為，伊妲也只是默默忍耐。事實上，以屍體的姿態被侵犯有種奇妙的快感。那並不是來自高潮時的抽搐，而是來自一種被當作玩物對待的感覺。經由讓暴力通過自己的身體，伊妲感覺自己的肉體變成純粹交歡用的工具，完全被對方玩弄於股掌之間。

剛嫁進這座宅邸時，最讓伊妲不解的是，為何迴廊兩側牆壁上掛著成排的女性肖像畫。她們雖然身穿古老的奢華衣裳，但從顏料的潤澤度就可以看出，這些都是最近才完成的畫作。從筆觸上也多少看得出來，這些畫都是出自同一人之手。

「這些人是誰呀？」

伊妲不安地轉頭問身後的伯爵，當時的她還是個涉世未深的新嫁娘。

「妳想知道？」

「嗯……是的。」

「我已經不是十九歲的年輕人了，妳也應該知道我有我的過去吧？」

「那這些女人是你的……？」

伊妲震驚得刷白了臉。

「我的過去啊。也有很多人只相處過很短暫的時間，並不是跟每一個人的關係都很深刻。」

「既然如此，為什麼要留下肖像畫呢？為了替自己的戰利品做記錄嗎？」

這問題或許有些尖銳，但伊妲無法理解伯爵將舊情人的肖像畫這樣掛著，是出於什麼心態。

「也不完全是因為這樣。」亨貝爾克伯爵泰然自若地回應道，「女人本來就很喜歡被畫成畫像。每個女人一定都會想要留下自己的記錄，記錄下她們年輕貌美的時候。」

「所以，是女人自己想要被畫下來的嗎？」

「女人都不想要被人遺忘啊。她們都想留下自己曾經存在於這個世界上的記錄，而我自己內心也想要刻畫一些足跡。」

「那你呢？還有女人活在你心裡嗎？」

「有啊。有時在明朗的月夜裡，她們還會來蠱惑我，像穿著白衣的亡魂一樣出現在我夢中。每到那個時候，那些女人往往比我原先所認識的她們更美麗、更令人意亂情迷。」

眼見伊妲的臉色愈來愈難看，伯爵趕緊用雙手捧住她的臉，苦笑著湊近她眼前。

「我開玩笑的啦，妳不會當真了吧？」

「是不是過不了多久我就會被你嫌棄，成為肖像畫中的其中一人呢？」

「不可能有那種事的。」

伯爵把手環住伊妲，緊緊將她摟進懷裡。

「妳是我選中的人，是我這輩子最後的情人。」

* * *

「那些人去了哪裡？」

某天晚上，伊妲在枕邊慵懶地問道。

「哪些人？」

「肖像畫裡的女人啊。」

「去了哪裡？很多地方啊。」

伯爵讓伊妲枕著他的手臂，默默露出一抹微笑。他的臉上還烙著男女交歡後略顯疲憊的影子。

「也有人很快就拋棄我，跟年輕男人跑了。或者有人很年輕就過世了，還有人跟我解除婚約，跑回她的老家去。」

「你沒有追回那些人嗎？」

「我不打算追回她們。女人這種生物啊，一旦決定分手，絕對不可能改變心意。女人雖然會為了此時此刻的情愛燃燒生命，但她們從不戀棧過去。」

「難道你都不想知道她們現在過得怎麼樣嗎？不想知道你愛過的那些女人，如今變得怎麼樣了嗎？」

「從來沒想過耶。重逢以後，如果她還是和以前一樣美也就算了。但如果她變得比以前醜，或是變得不堪入目，只會讓人很倒胃口而已。」

「因為你不想看到她的背後有其他男人的影子吧？不想看到那個改變她的男人的影子。」

「也不是因為這樣。」

「不，就是這樣。男人都是自私的，就算分手了也想堅持自己的所有權，覺得只有自己能夠改變那個女人而已。」

「妳今天晚上特別堅持己見耶。這樣探討我的過去有何意圖？」

「沒有啊，只是每天看著那些肖像畫，我就……」

「咦？這是什麼？」

某一天，在伯爵外出之後，伊妲一如往常地站在迴廊上，目不轉睛地凝視著那些肖像畫。突然，她發現畫框右下角的牆壁上藏著一個小小的東西，看起來就像按鈕一樣。咦？她感到疑惑，決定走向旁邊那幅畫。

結果仔細一瞧，那裡也有同樣的按鈕被藏在畫框右下角的陰影處。下一幅畫也有，每一幅畫都有。

「這究竟是什麼呢？」

伊妲伸手小心翼翼地摸了摸按鈕，不過她實在沒有勇氣按下去，她擔心按下去以後，會發生什麼不得了的事。不過，她愈來愈無法壓抑那股想要按下去的心情。

究竟會發生什麼事呢？如果畫框突然發出嘎噠嘎噠的巨響，從牆壁上掉到地板上怎麼辦？還是會唰的一聲反方向升上天花板去呢？這是為了讓主人隨當下的心情喜好，任意變換畫框位置的設計嗎？

伊妲戰戰兢兢地把手伸向按鈕，隨即又放下。同樣的動作重複了好幾次。呼的一聲，她嘆了口氣。「別管了」、「不能按」，心裡有個聲音這樣告訴她，但她還是想要按按看。她想知道這究竟是什麼。

最後，伊妲終於將手輕輕放在按鈕上。她咕嚕地吞嚥口水，好不容易下定決心似地，惶惶不安地施力按下按鈕。

下一秒鐘，伊妲嚇得心臟都快停了。「唧——」耳邊突然傳來沉重的聲音，畫框開始旋轉了。她驚慌失措地想用雙手阻止，但一切都太遲了。畫框發出嘎噠嘎噠的聲響，轉了半圈以後，出現在眼前的……她原以為會是畫框的背面，沒想到卻看到另一幅畫。

一回過神來，畫中的人正以猙獰的面孔瞪著伊妲。那是一幅受到嚴刑拷打、即將遭到殺害的女性肖像畫。她全身赤裸地被反綁在柱子上，乳房被一把像大剪刀的東西一塊一塊地剪下來。

大量鮮血從傷口處汩汩而流，簡直就像真正的血一樣，呈現詭異的紅色。她的表情痛苦，身體痛不欲生地扭動著。伊妲幾乎以為自己聽見了那女人在畫中痛苦哀嚎的聲音。

然後……

伊妲倒抽一口氣。令人震懾的是，她發現那個遭到酷刑的女人，表情跟她剛才一直注視的那幅畫中的女人一模一樣。

正面是極其普通的肖像畫，然後背面是恐怖的酷刑畫，這究竟代表什麼意思？

儘管恐懼已令伊妲幾近昏厥，她還是步履蹣跚地走向下一幅畫，然後用顫抖的手按下按鈕。耳邊再度傳來「唧——」、「嘎噠嘎噠」的聲音，畫框開始旋轉，眼前出現了背面的另一幅畫。

「啊！」伊妲拚命忍住不叫出聲來。眼前出現的畫，恐怖程度與剛才那幅不相上下。

畫中同樣是一個全裸的女人，雙腳開開地被倒吊在天花板上。然後一個孔武有力的男人正舉起一把巨斧，準備砍向她的雙腿之間。女人豐沛的髮絲散亂地垂在地板上，雙眼充血，似乎正聲嘶力竭地瘋狂擺動她的臉。

然後，那張臉也和正面那幅畫的臉如出一轍。

極度的恐懼幾乎讓伊妲當場昏倒在地。這時，身後傳來一個冷漠的聲音。

「我不是早就跟妳說過了嗎？」

不知何時來到伊妲身後的亨貝爾克伯爵，伸出雙臂擁住搖搖欲墜的她。

「不要放任妳那無謂的好奇心發作，我應該說過了吧？」

「親、親愛的……」伊妲臉色一陣慘白，喃喃說道：「你為、為什麼要收藏這麼恐怖的畫？」

「這只是我閒來無事的興趣罷了，興趣。」

伯爵若無其事地笑了。他把伊妲抱到起居室的沙發椅上，按鈴呼喚女傭準備提神用的白蘭地過來，然後按照往常的習慣，輕輕伸出雙手捧住伊妲的臉。

「妳該不會以為那是按照真實情況畫的吧？」

「……」

「那是我要畫家畫出想像的姿勢，再把女人的臉加進去的。這是我個人有點不入流的興趣啦。畫中的主角做夢也想不到自己會被放進這樣的畫裡。」

「真是嚇我一跳。」

聽完伯爵的說明，伊妲的臉頰泛起些許紅暈。

「我有時候真的搞不懂你這個人，你怎麼會想到這麼恐怖的事情呢？」

「可是這些都是歷史上實際執行過的酷刑啊，目前也完整地保留著記錄當時情形的中世紀畫作。我在古書上找到那些以後，突然就想讓人畫畫看同樣的東西。我想打造一間自己專屬的搜奇博物館。」

「你這個人真是……」

上身依偎在伯爵懷中的伊妲，就著送到嘴邊的白蘭地酒杯，如釋重負地鬆了一口氣。

「妳終於笑了，我還一度擔心妳會不會怎麼樣呢。因為任何小小的刺激，對妳纖細的神經來說，都太強烈了。」

伯爵給了她一個溫柔至極的微笑。

「妳應該覺得自己嫁來了一個不得了的地方吧？或許我這個人有點奇怪，但妳別看我這樣，我可是很有心想當一個溫柔體貼的老公喔。」

伯爵說得沒錯，不管伊妲要他買多貴的洋裝或珠寶，他從無半句怨言。有時候她說想重新布置城堡中的某個房間，伯爵就會立刻找來家具行、壁紙行或窗簾布廠商，大手筆地讓她盡情挑選自己喜歡的東西。

如果她說想去旅行，伯爵就會備好奢華的馬車，帶她前往義大利或瑞士，還會帶上幾名僕人，沿途拜訪伯爵的貴族舊識，借宿在各地城堡裡，簡直就像國王出巡一樣。所到之處的友人都將他們當作上賓款待，離開時還會收到絲綢、繪畫或骨董等紀念品，每一趟旅程總是滿載而歸。

不過，伊妲並不幸福。把這樣的生活稱作幸福，總令她有種難以言表的滯悶感。

無論伯爵給她多少金銀財寶，提供她多麼自由愜意的生活，她始終感到不滿，不滿伯爵只把她當作尋歡取樂的工具，而不是真正地愛她。

每到夜裡，伯爵就會開始進行他詭異的樂趣。讓伊妲裝扮成死人，而且一天比一天地變本加厲。

被刀刺死在床上的屍體。鮮血從裸露在外的腹部噴濺出來，染得滿地鮮紅。為了增加真實感，還會使用老鼠或兔子等真正的動物鮮血。

「我討厭裝扮成這樣。」有一次，伊妲委婉地表達出她的不滿，「扮演被殺死的女人很不吉利，我還這麼年輕耶，我不想這麼早死。」

「傻瓜，這不過是假的啊。」

伯爵不以為意地笑了。

「妳不知道鮮血的顏色，在妳白皙的肌膚上有多美麗。平常最適合妳的裝扮也是大紅色的洋裝吧？因為妳白皙的肌膚本來就無比光彩動人了。算我求妳了，能不能再多忍耐我的任性一段時間呢？」

聽見對方這樣請求，伊妲終究還是心不甘情不願地妥協了。不過，後來伯爵變本加厲的異常欲望，讓伊妲恐懼至極。她愈是扮演遭到虐待的女人，愈是假裝成遭到殺害的女人，伯爵的欲望就愈高張。

對伯爵來說她究竟是什麼呢？她一心想得到答案。不滿的情緒一點一滴地累積在伊妲的身體深處。

因為遭遇了這樣的情形，所以當她被丈夫的僕人——一個年輕俊美的年輕人誘惑時，她二話不說就答應了。年輕人早已察覺到她的不滿，知道此時是趁虛而入的好機會。

年輕人相當急躁。粗魯地將伊妲推倒在床上，褪去她的內衣，呼吸急促地吮上她的乳房。他粗魯的舉動雖然有時教人無法招架，但伊妲卻在那之中看到正常且健康的男性欲望。即便表現得既笨拙又粗魯，但至少他擁有一些能讓伊妲安心的特質。

「帶我逃到別的地方去吧。」

兩人的關係急速進展，有時伊妲會在魚水之歡後這麼要求年輕人。

「我沒辦法帶妳走。要是那樣做，主人不知道會採取什麼行動。」

「你真是個膽小鬼。你可以跟他決鬥啊，把我從他身邊搶走，然後想方設法讓我成為你的女人。」

「妳說得倒簡單。」

年輕人表現出一副猶豫的樣子。

「妳明明也不是真心希望我這麼做的。」

或許吧。伊妲無法捨棄這裡的富貴與安樂。在豪華的家具、珠寶和洋裝圍繞下，她早已習慣了怠惰安逸的生活。

況且她也知道年輕人對她的請求有所遲疑。與別人的妻子一時激情，年輕人只是因為這樣才如此積極。如果再加進結婚這項現實，年輕人的熱情恐怕會瞬間冷卻吧。

不過某天晚上，當伊妲一如往常趁著丈夫不在偷找年輕人來房間時，她突然覺得房外的走廊上好像傳來「叩嘍」的聲響。

她急忙起身披上睡袍，走到門邊打開門。不過，即使在燭火的照明下，眼前的走廊還是漆黑一片，沒有半點活人的氣息。

但老實說，伊妲從很早以前開始，就一直有一種奇怪的感覺。不知道為什麼，她總覺得有人躲在哪裡偷窺著她與男人偷情。她向年輕人提起這件事，卻換來對方不屑一顧的嘲笑。

「那只是妳的幻想啦。這個房間的門那麼堅固，一點縫隙都沒有，光線根本進不來也透不出去，誰有辦法偷窺呢？」

見伊妲愈說愈激動，年輕人如此安撫她道：

「既然妳這麼擔心，下次就把鑰匙插在鑰匙孔裡吧。如此一來就沒問題了，絕對不會有人有辦法偷窺的。」

背著丈夫與其他人偷情。或許是一種被害妄想症吧，或許是因為害怕被丈夫發現，她才會如此地恐懼不安吧。

但如果伊妲更現實一點，應該會覺得年輕人接近她的過程有點不對勁吧。

為什麼行事一向謹慎的他，有勇氣背著主人與主人的妻子偷情呢？一向深思熟慮的他，為什麼會故意投入一段讓自己身處險境的愛欲關係呢？

亨貝爾克伯爵一聲不吭地吹熄手中的燭火，像平常一樣躡手躡腳地遁進伸手不見五指的房間裡。那間房間剛好位於伊妲的寢室隔壁。

月光透過香提蕾絲窗簾滲入房裡，伯爵就著月光來到房間深處的書櫃前，打開櫃門，取下最右邊幾本皮革封面的書。書櫃壁上有一個豆子大的小洞，小洞中透出來自隔壁房的微光。

伯爵彎下腰來，朝洞中窺視。伯爵眼中浮現的畫面，是在微弱燭光照耀下的伊妲寢室內部。從他的角度剛好可以看見整張床，床上正激烈地上演著伊妲與年輕人的偷情過程。伊妲的肢體縱情奔放，殊不知一切都被丈夫看在眼裡。衣冠不整的女人肢體在微弱的光線下敞開、抽搐、顫抖，那喘不過氣來的表情，一次也不曾在伯爵面前出現過。

事實上，每一次伯爵有了新的女人，都會沉溺在這樣的遊戲當中。

當然，剛開始他會先盡情享受女人的肉體，等他感到厭倦以後，就會若無其事地將女人分送給其他男人，並且暗中偷窺兩人偷情。

伯爵會說：「我要出門幾天，去處理領地的事情。」或是「領地管理員之間出現了一些紛爭，我要過去解決一下。」然後開始準備出門的行囊。他真的會帶上幾名隨從，並將大量的行李堆在馬背上，浩浩蕩蕩地離開城堡。一心以為伯爵已經離開的女人，便會趁此大好機會邀約偷情對象上門。

另一邊，伯爵假裝出門以後，會偷偷返回城堡，從後門潛入，再躲進女人寢室的隔壁房間。除了伯爵以外，沒有人知道書櫃後面竟然有一個偷窺孔。更沒有人曉得，只要拿下幾本書，後面就藏著一個小洞，可以從洞裡看見隔壁的房間。

亨貝爾克伯爵無時無刻都在追求新鮮的快感。有時候他會命令孔武有力的僕人，帶下人去強擄村裡的處女回來。她們是多麼有魅力呀。強擄回來的女孩被帶到他面前後，嚇得不住顫抖，哭嚎著放聲求救。

不過，那些女孩最終也會知道，再怎麼哭泣喊叫，也不會有人來拯救她們。等到女孩放棄以後，伯爵才真正朝著征服之路邁出第一步。朝著哭喊到筋疲力盡、不得已只好乖乖屈服的女孩邁出第一步。

女孩會在此時做最後的掙扎。跪地求情，求他大發慈悲。她們也知道這一切都是徒勞，最終的結果就是放棄掙扎，失去抵抗的力氣。多麼蠱惑人心啊，看著奮力抵抗的處女逐漸臣服在他手裡。

多麼蠱惑人心啊，看著處女在恐懼與放棄中，終於委身於他的模樣。哭腫著臉咬牙忍耐，恐懼到全身顫抖，還要眼睜睜地看著伯爵伸出手來脫下自己的內衣。羞恥心讓她們全身泛起了一層粉紅色，伯爵把死命想掙脫的處女壓制在床上，掰開她們的雙腿，讓神祕的場所袒露在外。

征服處女之路是一段沒有終點的遙遠旅程，一片蠱惑人心的金色花叢。然後，讓花叢深處從來無人開闢過，也從來無人見過的神祕場所，第一次敞露在陽光底下。

伯爵此生只為體驗這樣的歡愉而活，只為品嘗這一瞬間的顫慄而活。

最初奮力抵抗的女孩，逐漸屈服在他身下，最後還等待起他的到來。就像在飼養寵物一樣，伯爵按部就班地帶領女孩體味各種閨房之樂。女孩的肉體如逐漸盛開的花蕾，認識到真正的歡愉，體驗到最深層的快樂，蛻變為華麗綻放的薔薇。

那段從覺醒到盛開的過程，是多麼地充滿魅力啊，而且是那麼地短暫，彷彿曇花一現。女孩一夕之間蛻變為成熟的女人，然後那股對快樂索求無度的貪欲，幾乎快讓伯爵招架不住了。

每到這個時候，伯爵對女人的興趣就會完全冷卻，不過為了掩飾自己的無情，伯爵又會祭出各種手段，讓對方扮演屍體就是其中之一，把女人賜給其他男人也是其中之一。

伯爵就是靠這些手段，盡可能喚醒最初心中那股令人戰慄、令人興奮的期待感，不過隨著每一次的嘗試，效果也會愈來愈弱，於是……

日復一日，亨貝爾克伯爵對伊妲的要求愈來愈不尋常。最近伯爵要求她扮演的都是歷史上的犧牲者：魂斷絞刑臺的瑪麗一世、因違背命令而被割去雙乳的聖女亞加大、被處以水刑的布蘭維利耶侯爵夫人、魂斷斷頭臺的瑪麗．安東妮……

伊妲被要求裝扮得和她們一模一樣，跪在地上聆聽伯爵宣讀死刑判決，然後雙手被綁在背後，全身赤裸地步上絞刑臺的階梯……每到那個時候，伊妲總覺得自己好像真的即將遭到處刑一樣。

不尋常，太不尋常了。然而，對自己背著伯爵出軌感到內疚的伊妲，無法拒絕任何請求。無論伯爵提出多麼無理的要求，她都沒有辦法拒絕。

為了不去刺激到丈夫的神經，也為了讓她與情人繼續維持肉體關係，伊妲只能一味地忍耐。

對於伊妲這副苦悶的模樣，伯爵只是冷冷地看在眼裡。

伯爵對她的殘酷程度日益增加。有時伊妲會想，他該不會心知肚明吧？不會是因為心知肚明，才對她如此地殘忍無情吧？他該不會是在對她暗中復仇吧？

有時，他注視著在嚴刑拷打下顫抖的伊妲，臉上會隱約閃過一抹苦惱的表情。這時伊妲就知道，他因為她而感到痛苦，他的心中正在糾結著什麼事，也許是善與惡，也許是懲罰與原諒。他正在煩惱著該原諒她，還是該懲罰她才好？

「逃跑吧，帶我一起逃跑吧。」

伊妲有種預感，覺得恐怖的局面即將來臨，所以每次幽會時，她都會如此懇求年輕人。

「我覺得我先生已經知道一切了，而且他好像打算殺死我。」

「怎麼可能，」年輕人置之一笑，「如果真的被他發現，他應該會先來懲罰我吧，不然我為什麼還能夠這麼悠哉地待在這裡？為什麼還能夠毫不顧忌地與妳相見？昨天我跟伯爵在樓梯上擦肩而過時，我向他敬禮，他還給我一個寬大的微笑哩，要是被他發現，怎麼可能會有這種事呢？」

讓伊妲困擾的不只是這件事而已，這一陣子以來，她每天晚上都會做同樣的夢，夢裡總有一個女人，臉上披著純白面紗，身上穿著與面紗一樣白的薄紗長裙，佇立在昏暗的走廊上，對著伊妲輕輕招手。

「來，過來這裡。」

白色面紗的幽靈對著伊妲招手，要她跟上前去。起先穿過長長的走廊，然後步下樓梯，再伴隨著伊妲一起來到城堡的地下室。最後停在某個房間門前，幽靈咻地被吸進房內，消失得無影無蹤。

每次夢境的內容都是這樣。醒來的時候，伊妲總是滿身大汗。那個房間裡究竟有什麼呢？從很久以前開始，這個問題就一直困擾著她。

亨貝爾克伯爵早從一開始就嚴厲警告過伊妲，唯有地下室的那個房間，是絕對禁止進入的地方。

「那個房間裡有什麼呢？」

一開始伊妲還滿腹懷疑地問，不過她並沒有從丈夫那裡得到清楚的答覆。

「不是什麼大不了的東西。」

沉默片刻後，丈夫不願再多提似地說：「都是一些雜物啦，我有一些不願想起的討厭回憶，所以全都被我封印在那裡面了。每個人或多或少都有不想被人觸碰到的過去，就連我也不例外啊。」

從伯爵的語氣聽來，似乎是要她別再問下去了。當時伊妲心想，可能是跟舊情人之間的回憶吧，之後她就不再多問。伊妲自己也不想過問那種事。

不過，她現在很在意夢中的事。披著白色面紗的女人，為什麼每次都消失在那個房間呢？又為什麼要對她招手呢？難道是有什麼東西要給她看嗎？

那個房間裡有什麼東西嗎？究竟會是什麼呢……？

有時，她也會做其他的夢。夢裡同樣會出現用白色面紗遮住臉的亡魂，然後那個女人會蹲踞在地下室的地板上，像在尋找什麼東西似地，來回在地板上摸索著，不放過任何一個角落，「找不到，找不到，到處都找不到……」她究竟在找些什麼呢？

「到處都找不到我的……請幫我找找我的……」

她總是聽不清楚最關鍵的部分。女人拚命搜索各個角落，到頭來似乎還是沒找到想找的東西，最後夢就會結束在悲傷的啜泣聲中。那是一種悲痛得令人椎心泣血的哭泣聲。即使從夢中醒來，那無以言喻的哀傷還是會短暫徘徊在伊妲的心中。

「那些肖像畫……」

有一次，伊妲躺在床上小心翼翼地提起這個話題。

「妳要是覺得不舒服，我就把畫撤掉。」

伯爵不等她把話說完就率先答道。從他的表情看來，似乎對於一再重複同樣的話題感到厭煩了。

「不，沒有那麼嚴重啦，只是……」

「只是什麼？」

「我老是做噩夢，不知道是不是跟那些畫有關。」

伯爵臉色倏變。

「妳的夢裡……出現了那些女人？」

「我不曉得是不是肖像畫裡的人，但是我每次都夢到同一個女人。」

「那她說了什麼？」

「嗯？」

「那個女人啊，她究竟說了什麼？」

丈夫轉過頭來認真直視她的表情，完全在她的預想之外。伊妲內心默默浮現某種不祥的感覺。

「我不知道，我只看到她好像拚命在找什麼東西似的。」

在伯爵緊迫盯人的眼神下，伊妲嘟噥道。

「找東西？」

「我也搞不清楚她究竟在找些什麼，可是她最後都沒有找到，而且還哭得很傷心，我每次都是在這個時候醒來的。」

「……」

找不到、找不到……那個用白色面紗遮住臉的女人是這樣說的。伊妲很想知道，她究竟找不到什麼呢？她究竟在找些什麼呢？

「你有想到什麼嗎？」

「怎麼可能。」

伯爵將手中的香菸捻熄在床頭邊的菸灰缸時，臉上已經恢復平常冷漠的表情。

「妳累了啦，難道是因為我的愛太過激烈了嗎？」

伯爵像平常說起腥羶話題時那樣，露出奸獰的笑。

「說什麼呢！」

伊妲臉上泛起一陣紅暈，伯爵依舊目不轉睛地盯著她看。

「妳今晚最好早點休息，以免妳又做那種恐怖的夢。」

「進去看看不就知道了嗎？」

年輕人不以為然地說。

「妳就親自進去裡面確認一下啊，反正妳只要趁伯爵不在的時候，等僕人都入睡了，再偷溜進去就好啦。只要不碰裡面任何東西，沒有人會發現的。」

「你說得倒容易。」

伊妲一副意興闌珊的樣子。

「妳以為伯爵有千里眼嗎？他再怎麼神通廣大，也不可能連不在家的時候都能監視妳的行動吧。」

「……」

「妳又不知道那女人是誰，也不知道她究竟想說些什麼，可是既然伯爵如此極力隱藏，我想那裡肯定藏著什麼重要的東西吧？例如，不曉得從哪裡挖來的價值連城的寶貝。」

「你腦袋裡裝的就只有那些東西啊？」

伊妲輕蔑地揚起嘴角。

「我這樣想有什麼不對嗎？你老公可是個大財主耶，有什麼東西是他買不到的？堂堂一個伯爵竟然如此珍惜一個東西，還不讓任何人看一眼，那想必一定是價值不菲的東西呀。」

「我這幾天要出門一陣子。」

某天，伯爵突然這樣對伊妲說，然後將城堡中的鑰匙交給負責看家的她。

「這是金庫的鑰匙、這是圖書室的鑰匙、這是珠寶室的鑰匙，還有這是家具室的鑰匙，妳可以隨心所欲地打開任何房間，但唯有那個房間絕對不能進去喔，知道了嗎？」

伯爵像以往一樣交代完便出發了。

「每一個房間都可以進去，就只有那間不行。」

城堡中的房間可能多達數十個，但她早已探索到失去興致了。

什麼中世紀十字軍從東方帶回來的貴重酒杯、劍柄上鑲滿無數寶石的皇家御賜寶劍，或是祖先代代相傳下來的各種寶物，她都已經把玩到膩了。以驚人天價從各國修道院或收藏家手中收購來的、內頁寫滿精美字體的皮革封面手抄本，她也翻到不想再翻了。鑲滿祖母綠、鑽石或翡翠的王冠，布滿精緻雕刻的玫瑰木或紫心木家具，完美呈現《聖經》世界的巨幅織畫……確實，每一樣都是難得一見的稀世珍寶，不過那絲毫無法滿足伊妲的好奇心。

伯爵愈是禁止她打開地下室的那個房間，她愈無法壓抑那股想要一探究竟的欲望。就算只看一次也好，只要她不碰裡面任何東西，悄悄進去再溜出來就好了。只要讓房內的一切維持原狀，絕對不會被發現的。

不敵誘惑的伊妲，終究還是趁著僕人都入睡的深夜，躡手躡腳地走下樓梯，穿過長長的走廊，來到了那個房間門前。她左右顧盼了一會兒，以確保無人留意到她的蹤跡。

她把帶來的鑰匙插入鑰匙孔，輕輕轉動鑰匙，然後推開門，「咿——」門在一陣摩擦聲中打開了。一踏入房內，她就聞到一股刺鼻的香料味，那是她從來沒有聞過的味道。

伊妲就著燭臺的火光，戰戰兢兢地踏入一片漆黑的房間。她看見了褪色的紫色厚天鵝絨窗簾、爬滿葡萄藤蔓的古董家具，上面積著滿滿的灰塵。看來這個房間已經多年無人打掃了。

伊妲提著燭臺一步一步朝房間深處走去。突然，某個奇妙的東西出現在她的視線裡，那是散發著黯淡光澤的青銅色靈柩，而且一直到房間的另一頭為止，總共並排了六具之多。

裡面究竟躺著什麼人呢？亨貝爾克伯爵家的墓地位於附近的方濟會修道院地下室，伊妲也曾多次前往該處參加葬禮。

前些日子，亨貝爾克伯爵的老母親過世時，她也曾經為了安置遺體而下去那個地下墓地。

該不會……伊妲不禁倒抽一口氣，該不會是那些肖像畫中的女人？但如果是正式結婚的對象，應該會被妥善安置在伯爵家的墓地，而不應該在這個地方才是呀。

伊妲把手伸向靈柩的蓋子，因為無論如何，還是得打開確認才行。她打開年久生鏽的扣環，試著用力抬起沉重的棺蓋。生鏽的棺蓋聞風不動。她一試再試，好不容易才在一陣咿呀聲中抬起棺蓋。

「啊！」

伊妲拚命忍住不驚叫出聲。躺在靈柩中的是一具保存良好的女性木乃伊，看起來好像隨時都會死而復生。她的眼睛睜得老大，憤恨地直瞪著伊妲的方向。

「啊——！」

伊妲不由得再次倒抽一口氣。她發現那具女性木乃伊少了其中一隻手臂，右側的手臂竟然遭人殘忍地連根拔斷。

儘管伊妲已經嚇得全身顫抖，她還是繼續往下一個靈柩前進。雖然好不容易才撫平不斷上升的恐懼感，卻終究無法戰勝好奇心，伊妲再度打開了下一具棺蓋。而這一次出現在她眼前的是……

過度的恐懼感讓伊妲當場嚇得腿軟倒地，那竟然是一具沒有頭的木乃伊，脖子以上空無一物的屍體。這時，她腦中突然浮現白色面紗女子在夢中說過的話。

「找不到、找不到我的頭，請幫我找找、幫我找找我的頭……」

沒錯，她在尋找的就是這個！

就這樣，伊妲依序打開六具靈柩。出現在她眼前的，不是整個乳房被殘忍割掉的木乃伊，就是身上某個部位被挖出一個洞的木乃伊。很明顯地，每一具都是經過殘忍酷刑後，遭到殺害的屍體。然後每一具都像還活著一樣，被保存在最佳狀態。這究竟是怎麼一回事呢？

「一切正如妳所想的。」

此時，伊妲聽見背後傳來聲音，猛地回過頭去。原本應該不在家的亨貝爾克伯爵，竟然以一副外出打扮佇立在門口。

「沒錯，那些酷刑全都是實際執行過的。由我親自下令，並且在我面前執行。這些女人在承受了百般折磨虐待後，全都命喪黃泉了。」

「為什麼、為什麼你要做這種事？」

「為什麼？」

伯爵不屑地笑了。

「這還用問嗎？當然是因為她們背叛我啊，而且到頭來，連妳也偷溜進這個房間，挖出沒人有權利偷窺的祕密。」

沒錯，那個時候……那女人放聲大笑了。她美得毫無天理，如此邪惡的人竟然會美到這種程度，簡直不可思議；不，如此美麗的人竟然會邪惡到這種程度，亨貝爾克伯爵從來不曉得有這種事。

「你殺得了我？」

女人用銀鈴般的聲音問。

「你下不了手的，不信你試試看啊，你有膽子就動手看看啊。」

女人說完，轉身面向他手中的槍口，大剌剌地舉起雙手。

「如果你是那麼勇敢的人，早就該動手了。我很了解你這個人，你根本沒有那個膽量。」

她說得沒錯，他沒有勇氣也沒有膽量殺死她，反而只能用自虐的眼光，看著自己在遇見這個全世界最邪惡的女人之後，被她綁手綁腳、全身動彈不得的模樣。他完全無能為力，並處於一種根本無法阻止這一切的覺悟狀態。

「我們來假裝成一對完美夫妻吧。」

結婚後沒多久，她就這樣對他說。當時，亨貝爾克伯爵還很年輕。

「我們來假裝成一對令所有人稱羨的完美夫妻吧。我會盡我所能守護你的名譽，提高你在宮廷中的地位，讓你的事業邁向成功。只要有我在，這一切都不成問題。我的爸爸是宮內廳長官，聲勢如日中天，只要借助他的資產與地位，就可以隨心所欲地幫你，你想要攀到多高的位置，我就能夠幫你攀到多高的位置，但你得答應我……」女人依偎在亨貝爾克伯爵的懷中，俏皮地睜大圓滾滾的眼睛，「讓我愛怎麼做就怎麼做，我要隨心所欲地過生活，你沒有異議吧？」

亨貝爾克伯爵沒有異議。不，與其這麼說，不如說他實在太年輕了，因為涉世未深，所以根本無法想像女人說的「隨心所欲」究竟是什麼意思。

這段婚姻原本就是父親為了重建沒落的家族，才擅自安排的政策聯姻。父親的爵位有名無實，還欠了一屁股債，所以為了保住腦袋，他才安排了這段與新興富豪的聯姻。

不過剛結婚沒多久，亨貝爾克伯爵的地獄就開始了。妻子到處拈花惹草，不時帶男人出入城堡庭院的涼亭，或是每天晚上去賭場，揮灑令人眼花的大筆鈔票，直到天亮才歸城。或者是在外面養小白臉。隨便在路上撿回沒有金錢也沒有地位的年輕人，耗費大把金錢與時間，一手將對方調教成完美無缺的貴公子，似乎是妻子最大的快感。

起初亨貝爾克伯爵也很氣憤，滿腹的妒火令他失控抓狂，甚至一度喝得渾身酒氣，對著徹夜未歸的妻子口出惡言。

但妻子似乎根本不把那當一回事，每次起衝突都是她占上風。

「你敢碰我一根手指試試看，你覺得你還保得住宮廷的地位嗎？保得住你的事業嗎？如果沒有我爸替你撐腰，你自己一個人能做到什麼？你在跟我結婚之前擁有些什麼嗎？不過就是有名無實的爵位、無法創造實質收益的貧瘠領地，和高額的債款而已。你以為你能夠一口氣擺脫這些，平步青雲到現在的位置，靠的都是誰的力量？」

被妻子這麼一說，亨貝爾克伯爵也只能心有不甘地緊咬牙根，並默默放下高舉的手。若要眼睜睜地看著自己失去靠婚姻獲得的無數好處，代表現在的他已經過分依賴這些而活了。

清晨，伯爵透過門縫偷看從外面偷情回來的妻子，站在寢室的鏡子前寬衣解帶。他偷偷端詳妻子的臉，發現她正嫻熟地對著鏡子用毛刷卸妝，全身上下似乎飄散著一股巫山雲雨後的餘香。

有一次，他還忍不住掏出手槍，想從門縫間朝著妻子開槍。他把手指扣在扳機上，讓全身的厭惡與憎恨都集中在那上面。只要按下這個，一切就結束了。他糾結了許久，終究還是沒能扣下扳機。亨貝爾克伯爵沒有那股勇氣。

妻子的放蕩行徑一天比一天變本加厲，絲毫不把亨貝爾克伯爵的糾結放在眼裡。某天晚上，亨貝爾克伯爵從宮廷歸來後，一步入大廳就看見令他瞠目結舌的畫面。

穿著睡袍的妻子香肩微露，在沙發床上翹著雙腳，一手拎著酒杯，神情慵懶地望著窗外。兩個貴公子一左一右地伺候著她，其中一人緊貼在她身旁，對著她的手獻吻，另一人則跪在另一邊親吻她的腳。雖然妻子假裝看著窗外，眼中卻閃爍著對於淫亂歡愉的期待。

「再多愛我一點。」

「我也要。」

兩個男人語帶喘息地說著，先後朝她湊了上去。只見妻子笑得花枝亂顫，並且像趕蒼蠅似地，略顯不耐地揮開他們的手。

「好了好了，該結束了吧？我已經睏了。」

「妳挑起我的欲望以後就這樣結束，未免也太過分了吧。」

「就是啊，妳到底要如何解決我的飢渴？」

「要選擇你們之中的誰是由我決定的。好了，你們想要我嗎？說說看吧，誰想和我一起睡？今天晚上誰想得到我？」

說完，她呵呵大笑，左右逢源地挽上兩個男人的手臂，然後用甜美而嫵媚的表情抬頭望著他們。

「請選我吧。」

「不，選我才對，你之前不是已經得到不少好處了嗎？」

「好了好了，別吵架了，如果不當個乖孩子，我就不賞賜東西給你們唷。」

見到這誇張的一幕，伯爵氣得忍無可忍，一把推開門衝進大廳。兩個男人嚇得彈了開來，妻子也瞬間露出怯色，但立刻又恢復原來的冷靜與鎮定。

「你今天回來得可真早啊。」

兩個男人臉色鐵青地站起來，一個開始整理衣服上的皺摺，另一個掃興撇開頭，這些全被妻子看在眼底，但她還是毫不顧忌地說：

「沒關係，別管他，反正不管我跟誰上床或想愛哪個人，他都不會介意的。」

「可、可是，他不是你老公嗎？」

「老公？哈哈哈哈。」

妻子直勾勾地回應著伯爵銳利的視線，不以為然地笑了。

「老公嗎？沒錯啦，他在戶籍上是我的老公，但我不管做些什麼，他都不敢有任何怨言，因為他之所以能夠有今天，都得歸功於我啊。」

「妳到底想怎樣？妳怎麼可以做出這種事。」

男人們離開後，亨貝爾克伯爵怒氣沖沖地質問妻子。

「哪種事？」

妻子一邊闔起睡袍的前襟，一邊對他打迷糊仗。

「妳之前在外面玩，我還可以睜一隻眼閉一隻眼，但我沒辦法接受妳把人帶回來家裡。」

「所以呢？」妻子冷漠地瞇起眼睛，由下而上地掃視著他，「沒辦法接受的話，你想怎樣？」

「我要殺了妳。」

語畢，伯爵突然掏出藏在身後的手槍對準妻子。妻子頓時有些驚慌失措，但很快又恢復鎮定，露出毫無懼色的笑容。

「你要殺了我？你說你要殺了我？」

妻子捧腹大笑，彷彿他說了什麼天大的笑話。

「你根本不可能做到那種事好嗎？如果我死了，你從明天開始就要流落街頭了，還有你那不斷擴大規模的事業又會怎麼樣呢？你在宮中的地位呢？如果沒有我爸的力量，你還有什麼本事？我爸一句話就能讓你瞬間失去陛下的寵信。到那個時候，你覺得你們歷史悠久的亨貝爾克伯爵家會怎麼樣呢？你那臥病在床的母親肯定會大受打擊，撒手歸天吧。」

「妳、妳這女人……」

聽她提及年邁的母親，亨貝爾克伯爵再怎麼不甘，也只能默默垂下手中的槍。

「我們離婚吧。」

幾天後，妻子突然一臉正經地說道。

「離婚？為什麼這麼突然？」

亨貝爾克伯爵有些不知所措。

「我想跟你離婚，正式地。」

「妳有別的男人了嗎？」

亨貝爾克伯爵把手放在沉默不語的妻子肩上，用力地前後搖晃。

「難道、難道妳有別的男人了嗎？」

「呵，男人哩……」

妻子空虛的笑聲空蕩地迴響著。

「又不是一天兩天的事了，何必大驚小怪，難道你在吃醋嗎？」

只見妻子一手拿著梳子，睡袍底下露出不合時宜的香肩，對著鏡子放聲大笑。

「你會吃醋？你會吃我的醋？」

她無法克制地繼續呵呵大笑。

「你竟然為了一個根本不屬於你的人吃醋？別笑死人了。」

「不屬於我的人？」

「是啊。」

妻子一臉篤定地直視著他。

「我從來就不曾屬於你。」

「妳是因為有了別的男人，才決定要拋棄我吧？就像拋棄玩膩的玩具一樣。」

「你夠了沒有？可以別再從我身上撈油水了嗎？」

妻子的聲音異常冷酷。

「你我只是在互相利用而已，我想事到如今，這樣也夠了吧。」

「妳要讓那個男人取代我嗎？妳會像從前對待我那樣，讓他換上晚禮服，帶他進入社交圈，然後教他所有人情世故與浮語虛詞，像養狗一樣訓練他成為妳的理想對象嗎？」

「……說什麼蠢話。」

妻子不假思索地嘲弄道。

「妳要把我手中擁有的一切，原封不動地送給那個男人嗎？」

伯爵胸口湧起一股怒意。從前託妻子的福，他在宮廷中擁有崇高的地位，坐擁龐大的資產，難道她現在要把這一切，原封不動地交到新的男人手裡嗎？難道他又要恢復從前那個有名無實、窮困潦倒的鄉下貴族身分，就像被拋棄的狗一樣嗎？

不行，他絕不容許這種事情發生，否則以往那些痛不欲生的忍耐，和身為男人所受過的各種屈辱，豈不成了一場笑話？

「我不會容許妳這麼做的。」

「不管你說什麼，總之我心意已決，反正我一向都是想怎樣就怎樣的。」

「我不會讓妳稱心如意的，絕對不會。」

伯爵用力拉扯妻子的頭髮，只見她重心不穩地摔倒在地上，伯爵一屁股跨坐上去，使出渾身力量掐住她的脖子。

「妳以為我是那麼軟弱的男人嗎？妳以為我是那種能夠一直容許妳恣意妄為的男人嗎？可惜妳看走眼了。」

最後，妻子的死被包裝成意外事故，龐大的資產就這樣被留在亨貝爾克伯爵的手裡。妻子遺留下來的龐大資產到手後，伯爵便辭去宮廷的職位，成天關在自己的宅邸內足不出戶。

他那脫離常軌的風流情史，就是從那時候開始的。那是他在第一段婚姻中遭受重挫後，對女人展開的窮盡一生的復仇。

亨貝爾克伯爵自始至終都專注地看著男人作業。男人的手正伸進屍體左腹側的切口，挖出裡面的內臟。

肝臟、胃、肺……等內臟一個一個被挖出來，分別放進容器中密封起來。

「心臟不挖出來嗎？」

伯爵興致盎然地看著木乃伊師傅作業，然後突然想起似地問道。

「不挖出心臟已經成為一種習慣，從很久以前的古埃及時代就這樣了。」

「那是為什麼呢？」

「因為人們認為心臟是生命的核心，應該與身體同在才對。」

「原來如此。」

從伯爵手中接過屍體時，木乃伊師傅就已察覺到事有蹊蹺。白皙的肌膚上布滿慘不忍睹的撕裂傷，一看就知道經過嚴刑拷打，但在這個封建時代，主人懲罰僕人不過是家常便飯，有時下手狠了點也是常有的事。木乃伊師傅向來都裝作視若無睹，反正他之所以被找來這裡，本來就是因為對方承諾要給他一大筆報酬，他才答應保守祕密的。

下一步是清除腦組織，先從左邊的外鼻孔插進一根青銅製的鉤棒，破壞篩板後，從裡面鉤出腦髓。篩板是篩骨的一部分，分隔開鼻孔與頭蓋骨，因為有很多嗅覺神經通過的細孔，所以看起來就像篩子一樣。

然後是將樹脂加熱成液態，灌入腦髓被抽乾的腦腔裡。灌進腦腔的樹脂不一會兒就冷卻凝固了。

「為了讓外觀更自然，也有一種方法是割開皮膚，把黏土或木屑填充進去。這麼一來，就可以讓臉或身體保持適度的飽滿。」

「這樣啊。」

「為了讓屍體看起來像活人一樣，有時候還會在眼窩裡塞進洋蔥、玻璃或木頭做的義眼。」

「那也幫她裝上吧。」

接下來，「那是什麼？」伯爵的眼神中流露出滿滿的好奇心。

「這叫泡鹼，是天然礦床所產的碳酸鈉與氯化鈉的混合物，具有絕佳的吸水性。」

「原來如此。」

「原本古代的做法就是直接把遺體埋葬在沙漠裡，然後古埃及人看到這種經過自然乾燥的木乃伊，便想要設法把遺體保存下來，看來他們是相信有死後的世界吧。」

「原來是這樣啊，那就是木乃伊的起源嗎？」

「古埃及製作木乃伊是採專業分工制，每一道流程都有專門的人負責，有的師傅負責從腹側挖出內臟，有的師傅負責塗抹泡鹼讓遺體脫水，有人負責搬運和埋葬遺體，也有負責舉辦葬禮的人，而且據說都是世襲制。」

這些作業結束後，就要縫合側腹、清洗遺體，然後用泡鹼來吸收水分，也就是將固態的泡鹼搗碎後塗抹在遺體上。

木乃伊的乾燥流程，一般來說需要兩個月的時間。遺體放置兩個月，充分乾燥後，便將展開下一個作業，也就是塗抹香油增加香氣，讓遺體稍微恢復彈性。接下來是將木乃伊放進靈柩，開始纏繞繃帶。

繃帶先從手指開始一根一根纏繞，然後是四肢，這個部分也是各別包裹。接下來將手臂沿著胴體拉直，再用大件的布料包裹固定。

如此完成木乃伊後就收進靈柩，安置在那間地下室裡。隨著伯爵手中的被害者愈來愈多，木乃伊一個接著一個地增加。有時伯爵會趁著僕人都就寢之後，進入那間地下室，就著燭臺火光打開棺蓋。

然後他會逐一檢視那些木乃伊，舉著手中的燭臺，湊近觀察靈柩中的木乃伊。

女人的眼睛就像活著的時候一樣，充滿恨意地瞪著他看。一般人看到這一幕應該會毛骨悚然，但伯爵卻相當冷靜，也不曾在慌亂之中弄掉手中的燭火。

伯爵的收藏一個接一個地增加。女人到頭來都會背叛男人，而伯爵無法原諒這樣的背叛，所以最後他只能夠靠著虐待、殺害的方式，讓對方成為專屬於他的人。這就是伯爵愛的形式。如果，這也能稱做愛……

如今，連伊妲也背叛了伯爵。最後她還是踏入了禁忌的房間，侵犯了他的祕密。他不可能原諒她的。

就這樣，瑟瑟發抖的伊妲，雙手被反綁在身後，從那間安置女人靈柩的房間，被拉到更後面的房間裡。一踏進那房間，伊妲就被恐懼感包圍，嚇得渾身寒毛直豎。房內陳列著無數的拷打刑具。

「妳想要哪個？哪一種比較符合妳的偏好？」

伯爵幸災樂禍地看著不停顫抖的伊妲。

「這個叫西班牙靴，先把妳美麗白皙的雙腳放進去，再倒入沸騰的熱水或滾燙的熱油，如此一來，妳的骨頭和肉都會融解……而妳將再也無法用那雙美麗的腳行走於地面上。」

「求、求你原諒我。」

伯爵不理會伊妲的苦苦哀求，自顧自地走到下一種拷打刑具前面。

「還是妳喜歡吊刑呢？把雙手反綁在背後，用繩子把妳吊到很高的處刑臺上，然後突然鬆開繩子，讓妳瞬間往下墜落。為了讓重力加速度的效果發揮到極致，繩子會在妳快掉到地面時停住。如此一來，就能替妳全身上下帶來劇烈的衝擊。通常在第一次的時候，四肢的關節就會全部脫臼，到了第二次的時候，大部分人都會喪命。」

伯爵一臉歡快地斜眼看著牙齒不停打顫的伊妲，然後繼續往前進。

「或者妳想要這張椅子嗎？這叫拷問椅，妳看，座椅上插滿了鐵釘對吧？要不要讓妳坐坐看啊？不過，妳可別以為這樣就沒事囉，我還會在妳的膝蓋上放上重物，至於效果如何，應該不用想也知道吧？」

伯爵走火入魔似地繼續說：

「瞧瞧這籠子吧，這叫利薩鐵棺材，妳被關進裡面以後，鐵蓋就會逐漸下降，把妳壓扁。蓋子會慢慢地、慢慢地下降，妳全身上下都會被壓得密密實實的，而且這種地獄般的折磨必須忍耐好幾天才行，最後妳就會被壓成一坨肉醬。」

「……」

「不然這個怎麼樣呢？這個叫做拉肢架，就是讓妳躺在這個鐵架上，把手腕和腳踝分別綁在滾軸上，然後朝反方向拉扯，也就是讓妳躺成萬歲的姿勢，用力拉伸妳的手腳，直到骨頭的關節脫臼為止。」

「還是要讓妳全身赤裸地泡在浮滿冰塊的水槽裡幾個小時呢？或是要用鉗子夾住妳的雙腳呢？還是要將妳活埋進這面牆裡呢？」

「親、親愛的，求、求你原諒我……」

瀕臨崩潰邊緣的伊妲雙膝跪地，以臉摩擦伯爵的睡袍，懇求他的原諒，不過再多的眼淚，也無法打動伯爵無情的心。

「我早就說過好多次了，好奇心會害死妳自己。如果妳沒打開房間的鎖，我根本沒打算要殺妳的。我本來心想，只要讓妳扮演屍體，索幸放妳一馬也無所謂，誰知道妳……」

話說到一半，伯爵突然按下牆上的呼叫鈴。一個身強力壯的士兵趕了過來，恭敬地問：

「您找我嗎？閣下。」

「老樣子，把東西拿來。」

士兵聽完伯爵簡短的命令便離開房間，彷彿他早已心裡有數，最後他帶著一串堅固的草繩回來了。

「久等了，這種酷刑很適合妳，是中國古時候一種叫凌遲的拷問方式。」

伯爵用眼神示意在一旁待命的士兵後，便興高采烈地像唱歌般繼續說道：

「首先是用這條草繩固定住妳的乳房、臀部等有肉的部分，讓這些部位突出來。換句話說，就是用繩結擠出妳身上各個部位豐腴的肉，再用刀子一片一片切下那些被擠出來的部分。」

全身發抖、牙齒打顫的伊妲，已經嚇得魂飛魄散了，然而將這一切盡收眼底的伯爵，仍舊不肯輕易放過她。

「假如以『二十四刀凌遲』為例，就是依序從雙眉、雙肩、左右胸口、左右腹部、左右臀部、左右大腿、左右腳跟、雙手、雙耳，最後切到雙腳。為了不讓人一命嗚呼，通常會先從離心臟最遠的部分開始。好了，妳都聽清楚了吧？」

在伯爵的示意下，強壯的士兵大步走向伊妲，粗魯地剝去她的衣衫。直到她被剝得全身赤裸後，先是用草繩將她綁在柱子上。伊妲奮力掙扎，試圖逃跑，但她愈是掙扎，草繩帶來的疼痛感愈滲入她的皮膚。

「好了，接下來該你上場了，萊茵哈德大師。」

雖然在極度的恐懼中逐漸失去意識，但伊妲確實聽見亨貝爾克伯爵如此呼喚某個人。

「這一次我替您準備了舉世無雙的模特兒，您就儘管發揮您的才能吧，把這女人臨死之前的痛苦一筆一筆給我畫下來，畫得愈生動、愈殘酷愈好！」

四篇故事

〈殺生堡〉與人們耳熟能詳的〈藍鬍子〉相當類似，從初版以後就遭到刪除。除此之外，格林兄弟也有兩篇與〈藍鬍子〉類似的故事，分別是〈費切爾的怪鳥〉和〈強盜新郎〉。這幾篇故事相當雷同，但每一篇內容都稍有更動，因此以下簡單介紹這四篇故事內容以供參考。

〈殺生堡〉

某天，一名衣冠楚楚的男人乘著高級的馬車，前來拜訪鞋店的三姊妹，他看上了三姊妹的其中一人，並帶回自己的城堡娶其為妻。有一天，男人說自己有要事出門四、五天，並交代女孩：「我把城堡的鑰匙留給妳，妳可以隨心所欲地參觀城堡內的每個地方，因為這裡的寶物妳全都可以任意使用。」接著便出發了。

他出門的期間，女孩在城堡內四處參觀，最後她看了一眼地下室，發現裡面有一個老太太，竟然從人類的屍體中挖出內臟。

老太太對她說：「我明天也會挖出妳的內臟喔。」女孩嚇得不小心弄掉手中的鑰匙，於是鑰匙便掉進了一盆裝著血的水桶裡，不管她再怎麼擦拭，都無法擦掉血跡。

在老太太的好心協助下，女孩得知此時剛好有馬車經過，便躲進車上載運的乾草堆裡。男人回來以後，問女孩去了哪裡，老太太說：「我想說反正明天就要殺了她，乾脆今天就動手了。這是她的頭髮，這是心臟，其他的都被狗吃了。」而男人對此深信不疑。

於此同時，女孩搭著乾草馬車來到附近的城堡，說明自己的遭遇後，請求對方庇護。某天，該城的城主召開宴會，殺生堡的城主也受到邀請。女孩變裝成所有人都認不出來的模樣。

在宴會上，所有人都必須輪流發言，於是女孩便提起她在殺生堡的經驗。當殺生堡的城主知道眼前的女孩不是別人，正是自己的妻子時，嚇得想要逃離現場，但最後還是被抓進了監牢裡。

其後，女孩繼承了男人的財產，並且與提供庇護的城堡的王子結婚，從此過著幸福快樂的日子。

〈藍鬍子〉

有個男人與他三個兒子和一個女兒一起住在森林裡。某一天，國王乘著華麗的馬車浩浩蕩蕩地經過這裡，對美麗的女孩一見傾心，便向她的父親提親。父親雖然很樂意，女孩卻莫名對男人的藍鬍子感到害怕，不想嫁給對方。不過，她最後還是被父親說服，答應了這場婚事。

女孩成了藍鬍子的妻子，開始居住在城堡裡，但她無論如何都無法喜歡上他的藍鬍子。一天，藍鬍子帶著隨從一起出遠門，並把城堡的鑰匙交給女孩，「城堡裡的每一個地方妳都可以隨意參觀，唯獨最裡面那間用這把金鑰匙開門的房間，妳絕對不能進去。」交代完後便出發了。

女孩在他出門期間，逛遍城堡內各個房間。每間房間都金碧輝煌，收藏著來自世界各地的寶物，但女孩實在無法按捺住想要一探究竟的欲望，最後還是打開了那間禁忌房間的門鎖。結果房裡竟然是一片血海，牆上還垂掛著女人的屍體，有的只剩下骨頭，有的滲出鮮血……女孩在極度驚嚇中，不小心把金鑰匙掉進了血海裡。她趕緊把鑰匙撿起來，卻怎麼樣也擦不掉上面的血跡。

藍鬍子回到家以後，問女孩：「金鑰匙在哪？」女孩雖然感到極度恐懼，但在對方反覆詢問之下，她只好戰戰兢兢地拿出沾了血的鑰匙。「看來妳也進去那個房間了是吧？那妳只好按照約定賠上一條命了。」藍鬍子邊說邊抽出一把巨劍。女孩儘管恐懼至極，還是懇求對方讓她進行臨死前的祈禱，於是她拾階而上，來到高塔的窗口拚命呼喚哥哥們的名字。

藍鬍子見女孩一直沒下樓，便不耐煩地沿著樓梯爬上去，把女孩抓了下來，並扯住她的頭髮，準備一劍刺向她的心臟。就在這時，女孩的哥哥們破門而入，用匕首殺死藍鬍子。藍鬍子的屍體被吊在那些女人的屍體之間。從此以後，藍鬍子的財產全歸女孩所有，四人在城堡裡過著幸福快樂的日子。

〈費切爾的怪鳥〉

一名假扮成窮人的巫師，背上背著裝施捨物的籃子，來到某戶人家前乞討，而前來應門的是貌美如花的三姊妹。巫師看上了其中一人，便把她抓進籃子擄回家去。

巫師和女孩同住一個屋簷下，女孩想要什麼就給她什麼。有一天，巫師交代女孩說：「我有事要出門一趟，這是家裡的鑰匙，妳可以隨意進去家裡任何一個房間，但只有這把小鑰匙的小房間不能進去，進去的話會沒命喔。」說完，便把一顆雞蛋交給女孩，然後警告她說：「妳要隨時把這顆蛋帶在身上，弄丟了妳就倒大楣了。」

女孩把家裡每一個房間都看遍了。所有房間都金碧輝煌，但她實在很想看一看那個禁忌的房間，便忍不住打開門鎖走了進去。

房裡堆著好幾具被大卸八塊的屍體，旁邊還有斷頭臺和一把利斧。女孩嚇得弄掉了手中的雞蛋。她趕緊撿起雞蛋，卻怎麼也擦不掉沾在蛋上的血跡。

巫師回到家以後，立刻命令女孩給他看雞蛋和鑰匙。女孩顫抖著交出東西後，巫師說：「看來，妳也進去那個房間了吧？那妳的生命也就到此結束了。」說完，便將女孩斬首分屍，如同以往的那些被害者一樣。排行第二的女孩也被巫師擄回家裡，然後也跟姊姊遭受到同樣的命運。

最後么妹也被巫師擄回家裡。不過么妹相當聰明，她決定先將雞蛋放在安全的地方，再偷看那間房間，用這種方法瞞騙巫師。然後，她發現姊姊們的屍體被大卸八塊，便將她們的頭、四肢與身體重新接回去，讓兩個人死而復生。

巫師回到家後，看見鑰匙和雞蛋都毫無異樣，便相信女孩遵守了他的命令，並說要娶她為妻做為獎賞。么妹請求巫師：「可不可以在我準備婚禮的時候，幫我帶一籃裝滿金幣的籃子去給我的父母？」然後兩個姊姊就躲在金幣底下，讓巫師一起扛過去。

準備好婚宴並邀請巫師的朋友後，么妹在自己的全身上下塗滿蜂蜜，再黏上一堆羽毛，變身成鳥的模樣，順利地逃了出去。最後女孩的親朋好友趕來放火，把巫師和他的朋友一起燒死在屋裡。

〈強盜新郎〉

從前有個磨坊主人，生了一個漂亮的女兒。當女孩到了適婚年齡時，有個男人上門提親，希望磨坊主人把女孩嫁給他。由於對方似乎家境不錯，磨坊主人認為沒有道理拒絕，便答應把女孩許配給他，但女孩總覺得那男人有點恐怖，實在無法喜歡上他。一天，男人說他邀請了客人到家裡，要女孩前往位於森林中的家，女孩只好百般無奈地出門了。但不知為何，女孩內心總有一股不安的感覺，因此她便帶著碗豆與小扁豆，從森林的入口開始，每走一步就撒一些豆子。

那幢靜靜坐落在森林中的房子，看上去有些陰森。女孩不經意抬頭一看，發現有個鳥籠掛在牆上，籠中的小鳥啼叫著：「快回去，妳來到了殺人犯的家。」

女孩把屋內每一間房間都看了一遍，但到處都看不見人影。最後她走進地窖，發現裡面有個老太太，老太太對她說：「這裡是殺人的地方喔，他們要我負責燒鍋爐，那些傢伙會把妳碎屍萬段，然後把妳煮來吃掉。」

不過，老太太見女孩嚇得全身發抖，便把她藏在一個大木桶後面。女孩躲著躲著，發現那群強盜帶了一個女孩回來，他們讓那個不停哭叫的女孩喝酒，要她脫光衣服躺在桌子上，接著把她美麗的胴體一片一片切下來，還在上面撒鹽。然後有個強盜為了搶她手上帶的金戒指，便將她的手指一口氣砍了下來，手指頭就這樣飛到藏身在暗處的女孩腳邊。

由於老太太在酒裡摻了安眠藥，強盜們不久後便昏昏沉沉地睡著了。女孩趕緊趁機逃出去，在夜晚的森林裡，一路沿著她撒的豆子走回磨坊小屋，並且將事情的來龍去脈都告訴她的父親。

婚禮當天，強盜前來迎娶新娘。磨坊主人邀請來的親朋好友都聚集在會場，當大家都就坐後，女孩說她要講一個自己做過的夢，便將她在強盜家目睹的一切全盤托出，並且掏出當時撿到的那根手指。強盜發現情況不對勁，準備拔腿就跑，卻還是當場被其他客人逮住，送進了官衙裡。強盜的同夥也全數遭到逮捕，接受懲罰。

以上就是四篇相似的故事大綱。

「禁忌房間」的誘惑

貝特漢在其著作《童話的魅力》中解析道，〈藍鬍子〉和〈費切爾的怪鳥〉都是由於女人忍不住好奇心的誘惑，偷窺了別人警告不能看的房間，而引發悲慘結果的故事；此外，這些故事旨在提出警告：「女人啊，別出於對性的好奇心而任意採取行動；男人啊，即使遭到女人生理上的背叛，也別任憑怒意發作，恣意妄為。」

另一方面，瑪麗亞．塔塔爾（Maria Tatar）在其著作《格林童話背後的殘酷事實》（*The Hard Facts of the Grimms' Fairy Tales*）中提到，不管是〈藍鬍子〉的作者格林兄弟還是佩羅，都是基於「女人的好奇心是不好的」這樣的前提在撰寫童話，後來在路德維希．貝希斯坦（Ludwig Bechstein）版的《德國童話》（*German Fairy-Tale Book*），或是路德維希．提克（Ludwig Tieck）的劇本《藍鬍子》中，都更進一步強調這樣的解釋。

塔塔爾分析道，在〈藍鬍子〉所有版本的插畫中，都僅強調女主角偷看禁忌房間或試圖逃出禁忌房間的場景，而藍鬍子一手在房內營造出來的關鍵殘酷殺害畫面，卻從未被描繪出來；換句話說，所有插圖都避免描繪藍鬍子的犯罪事實，反而把焦點全部擺在妻子的好奇心上。

除此之外，塔塔爾對於佩羅之所以會把〈藍鬍子〉解讀為一篇警告女性應該戒掉過度好奇心的故事，她提出的解釋是，佩羅想要藉由強調好奇心才是問題所在，來掩蓋掉禁忌房間與情欲犯罪之間的關聯。

總而言之，正如卡爾—漢茲·馬雷（Carl-Heinz Mallet）在其著作《砍掉他的腦袋！：童話暴力》（*Kopf ab!: Gewalt im Märchen*）中所述，被吊在藍鬍子血色密室裡的女人，都是藍鬍子性欲下的戰利品。

偷窺禁忌房間也就是偷窺大人的性愛祕密，而正如馬雷所述，自古以來，做父親或丈夫的，都是用這樣的威脅手段，讓女兒不失去童貞，或讓妻子不得外遇。

永無止境的愛與憎恨

在閱讀與〈殺生堡〉相似的幾篇故事時，最令我好奇的是，主角究竟經歷過什麼樣的遭遇，才會如此憎恨女人，以至於化身為一個連續殺害女人的恐怖殺人魔呢？主角過去究竟經歷過什麼樣的體驗，才會如此厭惡女人、無法信任女人呢？

應該是因為對女人的期待愈大、對女人的信任愈深，所以一旦遭到背叛時，心理受到的創傷也愈大吧？那樣的經驗應該會在男人心裡刻下深深的傷痕才是。

或許從遭到背叛的那一天起，主角以往追求女人的那股熱情有多強烈，後來的他就有多憎恨、厭惡女人……

我就是根據這樣的觀點，任憑想像力恣意馳騁。雖然格林童話的故事結局都完美收場，但故意不這麼安排反而是我的堅持。

對愛絕望的主角，或許只能繼續過著對女性愛恨交加的人生，繼續過著擄獲女性芳心、最後又殺了女性的人生吧。

或許他只能夠藉由這樣的方式繼續進行無謂的掙扎，試圖填滿自己內心無限的空虛吧，我不禁這樣認為。

參考文獻

高橋吉文《グリム童話　冥府への旅》白水社
《初版グリム童話集》全四巻　白水社
夏爾・佩羅《ペローの昔ばなし》白水社
《グリム童話集》全五巻　岩波書店
《完訳ペロー童話集》岩波書店
《完訳グリム童話》全集　角川書店
《グリム童話集》全卷　新潮社
《グリム童話集》上下　筑摩書房
《グリム童話全集》全卷　小學館
《アンデルセン童話全集》全卷　小學館
《アンデルセン童話集》全卷　偕成社
高達・德克爾（Godard d'Aucour）《中世ヨーロッパの生活》白水社
米歇爾・波琉（Michele Beaulieu）《服飾の歴史》白水社
米歇爾・圖尼埃（Michel Tournier）《聖女ジャンヌと悪魔ジル》白水社
海因里希・普萊季哈（Heinrich Pleticha）《中世への旅　騎士と城》白水社
《ジロドゥ戯曲全集》白水社

海爾穆特・巴爾茨（Helmut Barz）《青髭　愛する女性を殺すとは？》新曜社
特奥多爾・塞弗特（Theodor Seifert）《おとぎ話にみる死と再生》新曜社
維瑞娜・卡斯特（Verena Kast）《おとぎ話にみる男と女》新曜社
維瑞娜・卡斯特《おとぎ話にみる人間の運命》新曜社
安潔拉・魏布林根（Angela Waiblinger）《おとぎ話にみる愛とエロス》新曜社
瑪麗亞・塔塔爾《グリム童話　その隠されたメッセージ》新曜社
約翰・埃里斯（John M. Ellis）《一つよけいなおとぎ話》新曜社
喬治・杜比（Georges Duby）《愛とセクシュアリテの歴史》新曜社
金成陽一《透視恐怖的格林童話》（グリム童話のなかの怖い話）大和書房（中譯本，臺北：旗品文化，2000年）
金成陽一《グリム童話のなかの呪われた話》大和書房
金成陽一《グリム童話のなかのぞっとする話》大和書房
金成陽一《誰が「赤ずきん」を解放したか》大和書房
亞倫・鄧得斯編著《「赤ずきん」の祕密》紀伊國屋書店
清水正《赤ずきんちゃんは狼だった》鳥影社
野村滋《グリム童話　子どもに聞かせてよいか？》筑摩書房
伊林・費切爾（Iring Fetscher）《だれが、いばら姫を起こしたのか》筑摩書房傑克・齊普斯（Jack Zipes）《グリム兄弟》筑摩書房
阿部謹也《西洋中世の男と女》筑摩書房

鈴木晶《グリム童話　メルヘンの深層》講談社
森義信《メルヘンの深層　歴史が解く童話の謎》講談社
夏爾・佩羅《眠れる森の美女》講談社
辻靜雄《フランス料理（肉料理）（魚料理）》講談社
倉橋由美子《殘酷童話》（大人のための残酷童話）新潮社（中譯本，臺北：新雨，1999年）
辻靜雄《フランス料理の手帳》新潮社
愛德華・福克斯（Eduard Fuchs）《風俗の歴史　全九卷》角川書店
井上宗和《ヨーロッパ・古城の旅》角川書店
桐生操《黒魔術白魔術》角川書店
松本侑子《罪深い姫のおとぎ話》角川書店
露絲・布緹海默（Ruth Bottigheimer）《グリム童話の悪い少女と勇敢な少年》紀伊國屋書店
亞瑟・拉克姆（Arthur Rackham）繪《グリム童話集》全二卷　新書館
寺山修司《青ひげ公の城》新書館
夏爾・佩羅《長靴をはいた猫》河出書房新社
《生活の世界歴史》全十卷　河出書房新社
《世界の歴史》全二十四卷　河出書房新社
馬克思・馮・伯恩（Max Von Boehn）《モードの生活文化史》全二卷　河出書房新社
福田和彥《生活性風俗事典》上下　河出書房新社
理查德・卡文迪許（Richard Cavendish）《黒魔術》河出書房新社

馬克思・馮・伯恩《ロココ》理想社
矢吹省司《グリムはこころの診察室》平凡社
阿部謹也《中世を旅する人々》平凡社
春山行夫《エチケットの文化史》平凡社
春山行夫《おしゃれの文化史》全三巻　平凡社
春山行夫《クスリ奇談》平凡社
遠藤紀勝《仮面　ヨーロッパの祭りと年中行事》社會思想社
《世界の歴史》全十二巻　社會思想社
蓋瑞・傑寧斯（Gary Jennings）《エピソード　魔法の歴史》　社會思想社
史蒂斯・湯普森（Stith Thompson）《民間説話――理論と展開》　社會思想社
亨利・普哈（Henri Pourrat）《フランスの民話》上中下　青土社
帕斯卡爾・迪比（Pascal Dibie）《寝室の歴史》青土社
種村季弘《悪魔礼拝》青土社
安德森・布雷克（J. Anderson Black）《ファッションの歴史》上下　PARCO 出版
馬克思・馮・伯恩《モードの生活文化史》PARCO 出版
飯塚信雄《デュバリー伯爵夫人と王妃マリ・アントワネット》文化出版局
飯塚信雄《ポンパドゥール侯爵夫人》文化出版局
《世界の歴史》全十六巻　中央公論社
倫納德・沃爾夫（Leonard Wolf）《青髭ジル・ドレー》中央公論社

野崎直治《ヨーロッパ中世の城》中央公論社
世界の文學《ディケンズ》中央公論社
阿部謹也《刑吏の社会史》中央公論社
喬治・巴代伊（Georges Bataille）《ジル・ドレ論》二見書房
喬治・巴代伊《情色論》（エロティシズム）二見書房（中譯本，臺北：聯經出版，2012年）
阿蘭・德科（Alain Decaux）《フランス女性の歴史》全三卷　大修館書店
川田靖子《十七世紀のフランスのサロン》大修館書店
長尾豊《黒魔術・白魔術》學習研究社
ムー特別編集事典シリーズ《魔術》學習研究社
如玫・高登（Rumer Godden）《アンデルセン》學習研究社
武內、花積、西園寺、矢島《怪奇人間》學習研究社
卡爾漢茲・馬雷《首をはねろ！》美鈴書房
布魯諾・貝特漢《昔話の魔力》評論社
漢茨・羅雷克（Heinz Rölleke）《グリム兄弟のメルヒェン》岩波書店
谷口幸男等《現代に生きるグリム》岩波書店
綠提《昔話——その美学と人間像》岩波書店
羅伯・丹屯（Robert Darnton）《貓大屠殺：法國文化史鉤沉》（猫の大虐殺）岩波書店（中譯本，臺北：聯經出版，2005年）
高橋健二《グリム兄弟とアンデルセン》東京書籍

藤代幸一《ドイツ・メルヘン街道物語》東京書籍
池内紀《ドイツ四季曆》東京書籍
野口芳子《グリムのメルヒェン　その夢と現実》勁草書房
井上宗和《フランス　城とワイン》三修社
鏡龍二《戦慄の魔女狩り》日本文藝社
吉田八岑《悪魔考——神に叛かれた者たち》薔薇十字社
吉田八岑《尼僧と悪魔》北宋社
青木英夫《下着の流行史》雄山閣
瑪德琳・科斯曼（Madeleine Cosman）《ヨーロッパの祝祭典》原書房
阿部謹也《中世の窓から》每日新聞社
清水正晴《青髭ジル・ド・レの生涯》現代書館
《澁澤龍彥集成》全六卷　桃源社
村山信彥《服装の歴史》全三卷　評論社
弗拉基米爾・雅可夫列維奇・普羅普（Vladimir YAkovlevich Propp）《故事形態學》（昔話の形態学）
白馬書房（中譯本，北京：中華書局，２００７年）
埃里希・佛洛姆《夢的精神分析》（夢の精神分析——忘れられた言葉）東京創元社（中譯本，臺北：
志文，１９８８年）
瑪麗—路易絲・弗蘭絲（Marie-Louise von Franz）《おとぎ話の心理学》創元社
森省二《アンデルセン童話の深層》創元社

瑪麗—路易絲・弗蘭絲《メルヘンと女性心理》海鳴社
瑪麗—路易絲・弗蘭絲《おとぎ話における影》人文書院
西比勒・伯克豪瑟・歐埃里（Sibylle Birkhauser-Oeri）《おとぎ話における母》人文書院
讓—保羅・阿隆（Jean-Paul Aron）《食べるフランス史》人文書院
河合隼雄《昔話の深層》福音館書店
綠提《昔話の本質》福音館書店
綠提《昔話の解釈》福音館書店
綠提《ヨーロッパの昔話》岩崎美術社
山中康裕《絵本と童話のユング心理学》大阪書籍
金成陽一《グリム童話のなかの愛と試練》彌生書房
山室靜《アンデルセンの世界》彌生書房
埃利亞斯・布列茲托爾夫（Elias Bredsdorff）《アンデルセン——生涯と作品》小學館
日本兒童文學學會編《アンデルセン研究》小峰書店
爾林・倪而森（Erling Nielsen）《アンデルセン》理想社
時任森《読み語り　アンデルセン童話》翌檜書房
安奈泉《アンデルセン童話の呪い》大和出版
浦山明俊《原点アンデルセン童話》文化社
由良彌生《身の毛もよだつ　世界「残酷」昔ばなし》廣濟堂出版
由良彌生《格林血色童話：夢幻糖衣後的殘酷世界》（大人もぞっとする初版「グリム童話」）三笠書

房（中譯本，臺北：月之海，２０１４年）
三浦祐之《童話ってホントは残酷》二見書房
櫻澤麻伊《グリム童話99の謎》二見書房
愛麗絲・莫爾斯・厄爾（Alice Morse Earle）等《拷問と刑罰の中世史》青弓社
艾德蒙・內蘭克（Edmond Neirihck）等《よくわかるフランス料理の歴史》同朋舍出版
喬治・布朗（Georges Blond）等《フランス料理の歴史》三洋出版貿易
段義孚《恐怖の博物誌》工作舍
莫里斯・肯恩（Maurice Keen）《ヨーロッパ中世史》藝立出版
馬爾丹・莫內斯提耶（Martin Monestier）《自殺全書》原書房
鶴見濟《完全自殺手冊》（完全自殺マニュアル）太田出版（中譯本，臺北：茉莉，１９９４年）

Ellis, John M "One Fairy Story Too Many"
Fink, Gonthier-Louis "Naissance et apogée du conte merveilleux en Allemagne 1740-1800"
Farrer, Claire R "Women and Folklore"
Bottigheimer, Ruth B "Fairy Tales and Society: Illusion, Allusion and Paradigm"
Fischer, John L "The Sociopsychological Analysis of Folktales"
Key F. Stone "The Misuses of Enchantment: Controversies on the Significance of Fairy Tales"
Calame-Griaule, Genevireve "Permanence et metamorphoses du conte populaire"
Marcia Liederman "Sone Day My Prince Will Come: Female Acculturation through the Fairy Tale"

Cox, Marian Roalfe "Cinderella: 345 Variants"
Campbell, Joseph "Falkloristic Commentary to The Complete Grimm's Fairy Tales"
Opie, Iona and Peter "The Classic Fairy Tales"
Cocchiara, Giuseppe "The History of Folklore in Europe"
Gomme, George Lawrence "Folklore as an Historical Science"
Peju, Pierre "La petite fille dans la forêt des contes"
Sele, Roger "Fairy Tales and after"
Propp, Vlodimir "Morphology of the Folktale"
Rooth, Birgitta "The Cinderella Cycle"
Waelti-Walters, Jennifer "Fairy Tales and the Female Imagination"
Armstrong, Robert Plant "Content Analysis in Folkloristics"
Bange, Pierre "Comment on deuient homme: Analyse semiotique d,un conte de Grimm"
Fout, John "German Women in the Nineteenth Century"
Minard, Rosemary "Womenfolk and Fairy Tales"
Thiselton-Dyer, T. F. "Folk-Lore of Women"

（以下略）

國家圖書館出版品預行編目資料 CIP

格林血色童話 3：幽暗顛狂的幻滅樂園 / 桐生操作；劉格安譯 . -- 初版 . -- 新北市：大風文創，2017.09
面； 公分 . -- (Mystery；26)
ISBN 978-986-94780-6-9(平裝)

861.57 106012245

Mystery 026

格林血色童話 3　幽暗顛狂的幻滅樂園

作者／桐生操
譯者／劉格安
主編／鍾艾玲
特約編輯／劉素芬
排版編輯／林鳳鳳
封面設計／比比司設計工作室
編輯企劃／月之海
發行人／張英利
出版者／大風文創股份有限公司
電話／(02)2218-0701
傳真／(02)2218-0704
網址／http://windwind.com.tw
E-Mail／rphsale@gmail.com
Facebook／大風文創粉絲團
http://www.facebook.com/windwindinternational
地址／231 台灣新北市新店區中正路 499 號 4 樓

台灣地區總經銷／聯合發行股份有限公司
電話／（02）2917-8022
傳真／（02）2915-6276
地址／231 新北市新店區寶橋路 235 巷 6 弄 6 號 2 樓

港澳地區總經銷／豐達出版發行有限公司
電話／(852)2172-6513
傳真／(852)2172-4355
E-mail／cary@subseasy.com.hk
地址／香港柴灣永泰道 70 號柴灣工業城第二期 1805 室

ISBN／978-986-94780-6-9
初版六刷／2022.07
定價／新台幣 350 元

Mystery

LUNA SEA